畫鬼師
六間鬼屋
余為魄◎著

前言

關於六間鬼屋

鬼屋，始終是鬼故事裡不可或缺的元素。畫鬼師海因澈時常接觸靈異方面的case，那他早晚就得面對。只不過這回他面對的不是一間鬼屋，而是六間。

第一間鬼屋其實是源自一只面具，解開面具存在的謎底，就能解開鬼魂的心意，進而打開陰間與陽間的隔閡。

雨愈下愈大。那個戴面具的小女孩突然唱起一首兒歌：妹妹背著洋娃娃。歌聲沙啞、高亢而走調。她邊唱邊跑，踩著滿地的積水，繞著房外，不停地、來回地跑……

第二間鬼屋看似「經典」——半夜無人的敲門聲，卻很另類，它要告訴你的是未來即將發生的事，而非過去發生過的事。

碰！一聲巨響，驚醒了他，發現竟有人摔在他的床腳下。那個人吐血噴漿、頭裂眼凸，摔得是四肢倒折、滿地牙齒。房內四周，接著又碰、碰、碰，下雨似的，掉下來一個個人，成了一具具的屍體。其情其景，簡直像阿鼻地獄。

第三間鬼屋藏有比鬼更可怕的東西，你不信？還有比鬼更可怕的東西？讀了你就知道。

他奮不顧身地往下跳，這一跳，沒能安全著地，一條腿竟給對方搆住，吊在半空中。「怎麼可能？」對方在三樓呀，如何搆得到呢？回頭一看，不由得倒抽一口氣。

第四間鬼屋是部電梯！嚴格的講，它是在屋子裡，而非屋子。

兩個人這才發現電梯內還有一個外人，這個外人還是個碧髮藍眼的外國人。那老外是個中年男子，高大微胖的身材，一直低頭看著地面，瞧不清楚他的長相。

第五間鬼屋是間教室。雖然教室不是拿來住的，可差強人意，也算是個屋子。

女教師縱火焚燒，獨自留在教室裡彈琴唱歌，當消防隊員趕到時，看見的是熊熊大火中，她瘋狂彈琴、尖聲唱歌的可怕畫面。琴聲雖淹沒於火海，歌聲卻異常高亢。想當然耳，她死得很慘，焦屍緊抱在焚毀的鋼琴上，要用鐵鏟才能將它們分開。

至於第六間鬼屋嘛……

還是留給讀者諸君自己翻閱了。

鬼屋可不可怕，關鍵是你自己的那間心房，心房有鬼，住屋自然可怕。

然而，真遇上了夜半敲門聲，我想就算平生未做虧心事，多少也會心驚膽顫吧，要不然，鬼故事、鬼片豈不是都要乏人問津囉。那，才是我最大的夢魘呢！

余為魄於台灣宜蘭

二〇一〇年十二月

目錄：

01 「鬼」客臨門

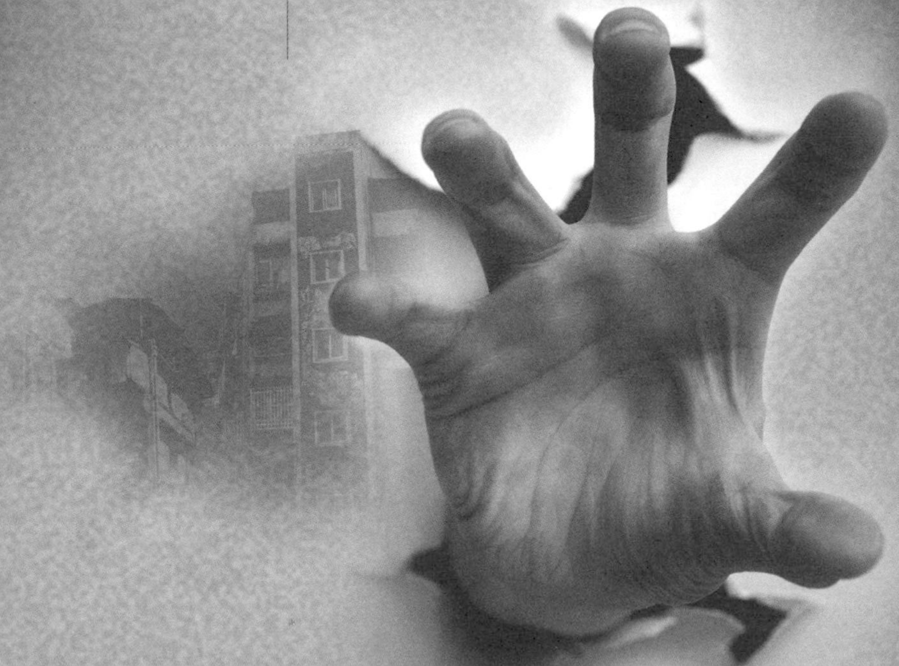

雨，不停的下。

以致於有人進門時，門口的風鈴聲無法提醒屋裡的人。阿圖師坐在桌旁，正抖著一雙腿，看著一本書。

這熟悉的客廳依舊破爛，天花板掉了一塊，牆角的那隻蜘蛛還在結網，讓人分不清是雜物還是家具的擺設……然而，客廳的主人可是南台灣最高明的推拿師，只有內行人才曉得。

阿圖師今年五十幾歲了，個子不高，人也清瘦，外貌普通得走在路上，不會叫你多看一眼，倒是笑容可掬、和藹可親。

進門的是個女客，擺好雨傘，怯生生的上前：「請問，這裡有幫人家推拿麼？」

阿圖師放下書本站起：「有的，你是第一次來？」

女客大概二十幾歲，直長髮，戴了一副無框眼鏡，人不漂亮，卻有一股憂鬱的迷人氣質，T恤牛仔褲搭上涼鞋，襯托她單薄的曲線，平凡而又順眼。

「我是狄師父介紹來的，他說你這裡要預約……」

阿圖師笑笑：「沒關係，你第一次嘛，如果有需要，下次再預約就行了。」遞了一張名片給她。阿圖師突然瞇起雙眼，想起了什麼：「你說你是狄師父介紹來的？哪個狄師父？」

「就……台中那位狄師父，狄二羅。」

阿圖師雙眼一睜，愣了半會：「你是台中來的？」

那女生「欸」了一聲。

阿圖師苦笑：「狄二羅他……很厲害耶，在我們這個圈子滿有名的，他都治不好你呀？」

女生也回了一抹苦笑，有點不好意思：「也、也不是啦，他要我來給你看看，想試試自己的功力。」

阿圖師又愣了一下：「他已經看出你的病徵了，所以要來考我？」

女生滿臉尷尬，說不出話，欸、咿、啊、喔了半天。

阿圖師這才笑說：「逗你的啦，沒關係，狄二羅是我的好朋友。」問：「你的身體怎麼啦？」

「我……這兩年渾身都是病，脖子跟腰，還有手腕、膝蓋啦，都常常痠痛。」她邊說邊指著身體的那些部位，「看了很多醫生，他們檢查後，都說我沒有問題，但我就是會痛呀。」

阿圖師沉吟：「怎麼個痛法？」

接下來就讓我來說了，因為她足足講了半小時超過，總而言之，從頭到腳，幾乎所有的關節，她都很容易發疼，不但疼的部位很廣，痛的方式也多樣，簡直是一本疼痛的百科全書。

阿圖師問：「現在呢？現在還是渾身不舒服？」

「前兩天去了三總的疼痛科看過，吃了藥也打了針，舒服多了，只剩……」

她摸著自己的尾椎說：「這裡還痛。剛才我從計程車下來的時候，每走一步路，就會從腳底沿著脊椎，一路痛到頭頂。」

「你在哪裡下車的？巷口？」

她點了點頭。

天！巷口走到阿圖師的家，應該有兩三百公尺，那豈不是痛翻了？先前卻沒看出她有那麼難過。

阿圖師也不敢置信，指著客廳的那張推拿床：「來，讓我看看。」撕了一張面紙巾，在推拿床的頭孔邊緣舖好，這是他的習慣，問道：「貴姓呀？怎麼稱呼？」

「我姓蔡。」蔡小姐把手機、眼鏡跟鑰匙串放在一張椅子上，走近推拿床。

阿圖師說：「趴著躺吧。」等蔡小姐把臉埋進頭孔、趴好身體，便針對她的髖關節、雙腿長短與脊椎形狀做了一番觸診與檢查，然後拍拍對方的肩膀：「好，你可以坐起來了。」

蔡小姐錯愕的坐起，撥撥頭髮：「師父你不幫我推拿麼？」

阿圖師笑笑，坐到桌子後方，拿出紙筆，開始畫畫……

這種古怪情景，她可能在狄二羅那裡已經見識過了，不太驚訝。就這麼聽話的乖乖等待。

差不多過了十分鐘吧，阿圖師在畫紙上擦擦抹抹，做了一點修改，那是素描用的圖畫紙，他手裡握的是炭筆、橡皮擦：「我先告訴你病因吧。」將手中的畫端了起來，面對蔡小姐擺正。

那是一張逼真的素描，有如黑白相片，畫裡有兩個女生，一個是蔡小姐，另一個還是蔡小姐，兩個都是站姿。左邊那個，沒什麼異狀，畫得有點草率。右邊那個，畫得就很細膩了，卻故意不畫下半身，我猜那是鬼。但，為什麼這鬼長得跟蔡小姐一模一樣？就連服裝都完全相同。女鬼緊貼著蔡小姐身邊，歪著嘴，正對她說悄悄話。

蔡小姐這時才顯得吃驚，張手掩口。

阿圖師笑問：「狄二羅畫的也是這樣？」

蔡小姐點了點頭，頓了一下，說：「他的畫風比較偏向漫畫，把我畫得太美，把鬼畫得很兇，長得都一模一樣。」

阿圖又笑：「是啦，他的畫風是這樣。」問：「你說你這樣兩年了，兩年多前，是不是出過很大的事？例如，失去親人啦，或是失戀、失業？」

蔡小姐臉色轉趨陰鬱：「三、四年前了，三四年前，我開的服飾店，被我的合夥人，也是我最要好的朋友捲款潛逃，就這樣倒了，害我還倒欠了上百萬。沒多久我才曉得，她也是我前男友劈腿的對象，我想，是他們兩個聯手騙我的吧。」

真慘。同時遭到好朋友跟男朋友背叛，失戀、失業又負債。

「同一年，跟我相依為命的媽媽出了車禍，成了植物人，我每天都得到醫院照顧，餵她吃飯、替她拍背、幫她換尿布、擦大便，我沒有錢請看護，只能自己來，所以，也沒辦法工作。銀行三天兩頭到我住的地方催帳，房東也常來要房租，我只能到處借錢……」

哇，真是慘中之慘，慘上加慘。

「兩年前吧，我媽終於熬不過去，過世了。葬禮結束不久，我開始找工作，唉，偏偏又遇上全球金融海嘯。我沒唸過大學，高中畢業就去擺攤賣衣服，要找工作，這種時機，比登天還難。也就在那時候，我的身體開始不舒服了，這裡病、那裡痛的，天天都受著折磨。」

當她述說往事時，神情並不哀傷，也沒哽咽，平靜得讓人毛骨悚然。剎那間，我有個感覺：她的心已經死了，才留意到她手腕上、脖子裡的那些疤痕……

阿圖師點了頭說：「你去看疼痛科是對的，那去看了精神科沒有？」

她苦笑：「狄師父也這麼說，我真的得到憂鬱症了？憂鬱症，會讓人這裡病、那裡痛？」手指阿圖師的那張畫，「他（狄二羅）說你畫的會跟他的一樣，要我來問你答案。」

「這叫生魂。人死了，如果變成鬼，那叫鬼魂。生魂是你的心死了，意外變出的，簡單的說，它就像是第二個你。」

蔡小姐的表情，像似臉上寫著一個斗大的「呸」字，並不相信。

阿圖師仍繼續說：「這個『你』會糾纏在你身邊，灌輸你一堆負面的想法，像是『人生沒什麼好留戀的啦』、『這個世界都是黑暗的啦』之類，鼓勵你自殺，鼓勵你放棄自己，要你拒絕別人的安慰，封閉別人幫助自己的窗口。」

蔡小姐聽到這裡，臉上的表情才慢慢鬆懈，或許相信了一半。

「這個『你』，要一直到你斷氣了，才會離開，想擺脫它並不容易。先要讓你的心活過來。否則它比你更了解你自己，發現你想振作了，甚至會為你的大腦灌輸病痛的想法，讓你誤以為自己這裡病、那裡痛。」

「生魂的力量有那麼厲害？」

「當然！人的疼痛主要是透過大腦的判斷，你呀，就是被自己、或說是被它『洗腦』了。」

蔡小姐陷入思索之中，大概已經信了七、八分。

「不是每個人心死了，都會變出生魂，就像不是每個人死了都會變成鬼魂，你只是正好有罷了。」阿圖師放下畫，起身走到推拿床床頭，「吶，你回台中後，要撥出時間去看心理醫生，對方會給你治療憂鬱症的藥物，你要按時服藥。另外，常去狄師父那裡，要他幫你做『頭顱骨推拿』，說是我交代的，他不會跟你收錢。那是一種最新的推拿手法，可以藉由放鬆頭顱接縫的筋肉，達到放鬆頭部神經的效果，讓你獲得暫時的平靜，久而久之，生魂的力量就會慢慢變小，對你的傷害也會跟著變少。」

蔡小姐滿懷感激的說：「謝謝你，張師父，狄師父他已經幫我很多忙，常常替我按摩頭顱骨了。」

「喲，那就好，就好。」阿圖師搬了張板凳，坐在推拿床頭前：「躺下吧，我也幫你推推，不能讓你白走一趟。」蔡小姐躺了回去，讓阿圖師幫她按摩頭顱的筋縫，一邊按摩，阿圖師邊問：「狄二羅今晚會來我這，對吧？」

蔡小姐愣了一下。

阿圖師笑笑：「是他開車載你來的，對吧？」

「你怎麼知道？」她臉紅了。

「你自己漏了口風呀。你經濟情況那麼差，怎麼可能花這趟車錢？何況，你還說從火車站到我這裡是搭計程車來的，這更不可能。狄二羅既然要你來試我，他也應該載你來吧。他是不是把車停在巷口外，人在……『伊斯坦堡咖啡』？」

「他在『碧羅春』等，待會要載我去他阿姨家，吃過晚飯後他才會來。」

「伊斯坦堡咖啡」、「碧羅春」都是東風路的店家。

阿圖師這時偷笑了，沒有多說什麼……「OK，」拍拍蔡小姐肩膀，「感覺有沒有舒服些？」

下了推拿床後，蔡小姐試著走幾步路，驚喜的說：「不痛了耶？一點都……不痛了耶。」用一種崇拜的眼神看阿圖師：「二羅沒有講錯，師父你真的很厲害，按摩幾下就管用了。」

阿圖師卻沒有樂暈頭，平淡的說：「不是我厲害，是你本來就沒有身體上的病痛，」手指蔡小姐身邊，「當你的生魂離開時，你就恢復正常了。」

蔡小姐左顧右盼了一圈：「那它還會回來麼？」

阿圖師凝視著對方：「我說過了，它不會那麼簡單就消失，相信我，過幾天你再讓我推拿第二次，效果就不會那麼明顯，而且一次會比一次差。」

「那怎麼辦？」蔡小姐的喜悅頓時去了一大半。

「怎麼辦我都教過你啦，去治療你的憂鬱症，常找狄二羅放鬆一下頭顱骨，開始找工作、開始新的生活……時間就會站在你這一邊，幫你把生魂趕跑。」

蔡小姐吁了口氣，也不曉得有沒有聽進去，彎腰鞠躬：「謝謝你，阿圖師。」

兩人又聊了些閒話，她要付賬，阿圖師堅持不收，然後呢，推辭拉扯的到了門口，阿圖師才把她送走。

這場午後的意外交會就這麼結束。

當晚，雨停了。夏夜吹著秋天才有的沁涼晚風，很舒服，而我只能憑想像去「感覺」。

大約九點鐘左右，另一場意料中的交會開始了，也是故事的起點。

嗨，我叫小宇，也有朋友叫我小魚，我不是人，我是鬼。

是的。不知多久以前，我被槍決了，如果對我的死因有興趣，請自行參看第一集的故事，這裡就不談了。

人死之後，有的會變成鬼，有的不會。變成鬼的，有的會附在人的身上，有的不會。為什麼有的會、有的又不會呢？我也不曉得。總之，我變成了鬼。做鬼跟做人很不一樣。

首先，你沒有任何的感覺（視覺、聽覺例外），其次，你很孤獨。雖然還在生前那個世界，但沒有人看得到你、聽得到你、碰得到你。最後，就是你很不自由。

由於不懂陰間的規則，所以常動彈不得，困在一個地方。幸運的是，我漸漸可以移動自己的魂靈，有限度的遊走，不過，海師父、海因澈住的地方，是我最常留連的空間。

海因澈他是畫鬼師，跟阿圖師父一樣。他才是故事的主角。

至於畫鬼師是怎麼畫鬼的，剛才已經露了一手，差不多就是那樣。許多來找阿圖師或海因澈推拿的患者，都是在別的地方治不好的，經過打聽，才找到「巷子裡」。其中有些情況更是特殊。

那幾次，沒看兩位師父出手，他們只詢問對方一些有的沒的，問得對方臉色大變，比如像蔡小姐，然後安排一些燒香、拜拜或其它跟推拿無關的事（例如去治療憂鬱症），在人家半信半疑中「治病」。等那些患者痊癒後，多半都會自動回來，歡天喜地送上大禮和紅包。

回到阿圖師這兒……

一名蓄著長髮、綁了馬尾的高大男子，穿著一身黑色古代長袍，走在巷子，走進阿圖師的家。（這種穿著，阿你是在演古裝喲？作怪。）

「二羅？好久不見啦！哈哈。」阿圖師這邊早已擺妥了陣式：泡茶設備，端坐在茶桌的另一端等候。他一邊清洗茶具、裝填茶葉，一邊問：「怎不帶蔡小姐一起來？把她一個人丟在你阿姨家？」

狄二羅看來跟海因澈差不多年紀，三十幾歲的人，長得細眉大眼、小鼻子小嘴，加上皮膚白皙，給人一種斯文的感覺，跟海因澈很不同。但從他毫不客氣的坐下，招呼也不打，讓人有種粗魯、自我的印象。這點，又跟海因澈恰恰相反，海因澈是個很細膩的人。

阿圖師倒了一杯普洱茶遞過來。

狄二羅接了就喝，也沒道謝，說：「妙真來過了嘛，而且我們好久不見，想跟你私下聊聊。」

看樣子，他們兩個交情不淺。

「妙真（蔡小姐的名字吧）？呵呵，你跟她進展得不錯呀。」阿圖師「虧」對方：「治療她最好的一帖藥方，就是給她一個好歸宿，嗯，你做的很好。」

「哎呀呀，不聊這個啦。」

「都帶她去看你阿姨了，還歹勢啥？改天結婚記得發帖子給我ㄡ。」

可能急著想轉移話題，狄二羅單刀直入的問：「海因澈他最近過得怎樣？」

阿圖師一邊泡茶一邊說：「還不就是那樣，單操一個，如果你問的是生意，他的客人是變多了啦。」

「最近我接了一個case，跟推拿無關的，想找他一道去。」

「跟推拿無關？哪一方面的？」

「鬼屋。」狄二羅不好意思笑笑。

「什麼鬼屋？」

「一家有線電視台，做了一個報導鬼屋的節目，他們的外景主持人有次正好到台中找我推拿，我跟他就聊了起來，還讓他……親眼看了我畫鬼的功夫。」

阿圖師啜著茶水皺眉問：「他身上有鬼？」

狄二羅點頭：「他們那個節目的幕後策劃，也是咱的同行，是一個畫鬼人。可是對方不是很了解自己的天分，不知道怎麼運用，只懂得四處『蒐集鬼屋』，再告訴節目單位，賺點酬勞。」

「他邀你去……鑑定他蒐集的鬼屋？」

狄二羅笑：「差不多是這樣，要我幫忙『評分』，把最恐怖的找出來，順便再做個簡介的文案，製作單位要開放給一些金主來試試，要不然，他們的節目快被電視台收了。」

「收視率不高的原因？」

「嗯。」

「那你找海因澈幹嘛？你不敢一個人去住？」

狄二羅立刻露出不服輸的表情：「也不是這樣啦，很久沒跟他一起去環島了，想趁這個機會順便玩玩。對方開的價碼很高呦，一個人一次五萬。」

阿圖師興趣缺缺的說：「五萬？還好吧。」

狄二羅補上一句：「一次一晚，總共五次。」

阿圖師一愣：「那不到一個星期就能賺二十五萬了？」

狄二羅做了個鬼臉，像是在說「你才知道」。

阿圖師二話不說，拿起手機，撥起海因澈的電話號碼……

02 面具

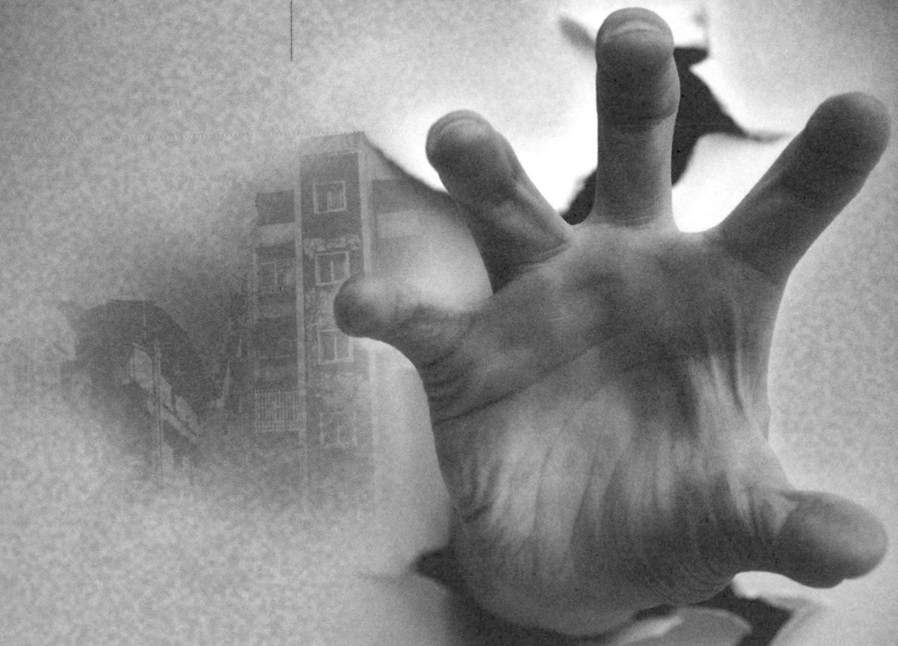

克難街口，隔天一早，狄二羅又是那身怪異的裝扮（好在又下雨了，天氣不太熱，街口也沒什麼人。）來到。

附近全是舊房子，有點像老眷村，海因澈的家位於一棟五層樓的公寓，三樓。公寓裡陰陰暗暗，聽說這裡快拆除重建了。順著公寓樓梯上去，迴音很大，每一層樓都由一條長廊串起家家戶戶，很像學校的教室建築。

海因澈住在三樓之四。

「我來啦！」狄二羅毫不客氣的推開門。

客廳裡的推拿床是空的，九點半了，今天還沒有客人上門。

海因澈站了起來，迎向朋友。他高高瘦瘦，卻也不是很瘦，有點精壯。及肩的長髮，約是港星馮德倫的那種長度，長相倒沒那麼帥，單眼皮、鷹勾鼻、略黑的皮膚。穿著嘛，有點隨性：合身背心加休閒長褲。或許，可以襯托他身為一個推拿師的是兩條結實的手臂。順代一提的是，他右手腕掛著串佛珠。

「怎麼沒帶女朋友過來？」

狄二羅揍了海因澈肩膀一拳，玩笑說：「昨晚叫你來阿圖師父那裡，你怎麼不來？

嗯？嗯？」卻不回答人家問的。

海因澈「哎喲」一聲，說：「阿我講過了呀，有患者在嘛，本來跟我預約的是一個人，八點鐘，他們全家人都跟著來看。一小時後，我搞定收工了，患者的老婆說也想推拿一下，我能說不嗎？只好繼續下去囉。差不多是你們打電話來的時候。我以為十點鐘就可以過去找你們，沒想到患者的兒子也說腰酸背痛，想我幫忙推拿……最後你知道我幾點才收工？十二點耶，都累翻了。」

「阿那一家人是不用睡覺ㄏ？」

「他們以前住台南，是我的老客戶，後來搬到台東去，這次是回來玩的，」海因澈苦笑：「大概是把我這裡當成SPA中心吧。」

「亂講，SPA哪有我們的功夫好。」

「對了，」海因澈都忘了請人家坐，跟狄二羅就這麼站在客廳，聊了開來：「你說的那個鬼屋，是什麼case呀？」

狄二羅只得再講一遍……「怎樣？去不去？跟我一道。」

海因澈是個標準宅男，這我比誰都清楚，面有難色的說：「我去哪裡找五天連假呀？預約都排滿了。」

狄二羅似乎早料到海因澈有「這招」，微笑說：「放心，不是連著五天，而是一個月內去完五次，每次都是下午出發，隔天早上回來。你一定會問，哪五次？」誇張的模仿起海因澈多慮的語氣，「我恐怕沒辦法配合呦。」然後他不屑的自問自答：「你一個月內，至少會有五個這樣的空檔吧？」走到桌邊，拿起海因澈的預約簿翻閱：「我們現在就來挑，讓你再沒有藉口說不。」

在這種強迫推銷的手法下，海因澈確實無法說「不」，只得在預約簿裡畫下五個記號，畢竟那些都是空檔，何況，一個空檔可以淨賺五萬，再怎麼淡泊名利都讓人沒有藉口。

第一晚 第一間鬼屋：台北

從台北看天下。這是我們南部人對台北人的基本看法，這個看法，當然包括許多髒話在裡頭——台北人並不了解真正的台灣，只了解台北，甚至只了解（台北的）東區。

鬼屋企劃的第一站，便約在電視台位在台北的辦公大樓、會客室裡開會。會客室的擺設就略過不提了，因為它不是鬼屋。

執行製作是跟海因澈他們接洽的主要窗口，那是一個看起來永遠忙得團團轉的小女生，叫小鈴。小鈴總是丟三落四，常要狄二羅提醒她這個那個的。有一雙小短腿，偏又喜歡穿緊得不能再緊的牛仔褲。唉，八年級生。

「兩位先生，這是我們的企劃。」莫名讓人枯等了兩個小時，小鈴才帶來了一個人。

狄二羅對著海因澈笑說：「他就是我跟你提過的那位史先生。」

史澤爾。北上的火車裡，狄二羅介紹了這名畫鬼人。他是那種「一看就知道不正常」的人：梳著一個油膩膩的西裝頭，戴一副厚厚的淺黑色眼鏡，眼神飄忽，笑容詭異，微微駝背的身形穿了一身不修邊幅的皺。

狄二羅也對史澤爾介紹了海因澈：「台南最厲害的推拿師父，筋骨不舒服，找他就對了。」

小鈴端來了三杯咖啡（一個半小時前就該端來了），隨即又接了幾通手機後便消失不見。忙得跟鬼一樣。

史澤爾搓著一雙手，笑得很難看的說：「很抱歉，晚上的事，要你們現在就來開會，你們放心啦，等我們有了默契，以後就不那麼麻煩了。」他從檔案夾裡取出了幾張照片，擺在桌面。「這是我說的第一間鬼屋，位在××路後方的巷子，它是在一棟出租公寓的頂樓，也是其中的一間出租套房。」

照片的取鏡還算專業，每個角度都有，當然啦，小小一間套房，要取鏡也很簡單。那是間很普通的套房，奇特的是，三面都有對外窗戶，可見是頂樓加蓋的。

套房的擺設還不錯，桌、椅、床、櫃，地上還有地毯，甚至還在門口進來的地方附設小廚房（簡單的流理台跟抽油煙機），麻雀雖小，五臟俱全。

「我以為會看到靈異照片之類的。」狄二羅有點失望。

海因澈則挑了一張不太相關的照片，問：「這張是什麼？」那是一張面具的照片，那只面具是白色的，流線造型——鼻子只是個隆起，連鼻孔都沒有，唯一的孔洞是兩個黑黝黝的眼洞。

史澤爾故做神秘的笑，笑得還是很難看，說：「等你們住進去就知道，呵呵，呵呵……」一副要人家趕快問他、求他的樣子，偏偏海因澈與狄二羅都見多識廣，根本懶得理會，搞得他反而不吐不快，只得乾咳兩聲，又說：「那是前一個房客自殺時留下的，這個面具，不管你怎麼丟都丟不掉。」

海因澈問：「那個房客戴面具？」

史澤爾搖了搖頭：「是前前一個房客自殺時留下的，因為，他始終擺脫不了那只面具。」

海因澈皺眉說：「你的話有語病耶，你先說是『前一個房客自殺時留下的』，又說是『前前一個房客自殺時留下的』，倒底是誰留下的呢？」

史澤爾神色尷尬的搔了搔頭：「老實講，我也不知道。根據房東的說法，曾有一個房客自殺後留下它，這只面具就跟這個『兇房』黏在一塊了，凡是住進去的人都想扔掉它，卻又扔不掉。」

狄二羅苦笑：「喂，有沒有搞錯？我們兩個今晚就要住進去了耶，一開始就玩這麼『重鹹』，阿你是不怕我們兩個也自殺呀？」

「呵呵呵，」史澤爾愈笑愈難看了：「應該不會啦，你們是住暫時的嘛。」

海因澈好奇了：「你聽到的鬼是什麼樣子的？」他既然曉得對方是畫鬼人，就問對

方「聽到」了什麼。（這一點稍後再解釋）

「是個小女孩，」史澤爾笑不太出來的說：「一個唱歌很難聽的小女孩。」

「有多難聽？」

「難聽到……你不會讓她參加『超級星光大道』。」

「那還好嘛。」

史澤爾笑笑：「應該說，難聽到……前幾位房客都被逼得自殺了。那間套房已經三年租不出去囉，租金低到一個月三千（台北市區喲），還是一樣。凡是敢住進去的，全都撐不過三晚。」

「三晚？！」海因澈大吃一驚，急著問：「不是講好了只住一晚？」

這個宅男也真是的，多在外頭留連一下，好像要他的命。

史澤爾聳聳肩膀：「你們一個人收我們五萬塊，多住兩晚，而且還包吃包睡，沒那麼嚴重吧。」

海因澈有點不高興：「包吃包睡，還包鬼呢。」

興致盎然的狄二羅趕緊打圓場：「好啦好啦，這次就三晚，下次要改時間，可要先說。」他很怕事情破局似的。

海因澈瞪了狄二羅一眼。

接著史澤爾再從檔案夾裡取出一張白紙，是一張畫。

畫裡，一個看來身材矮胖的女孩（大約八、九歲吧），臉上就戴著那只面具。面具裡她的眼睛炯炯有神，但也只能看到這樣，面具外她的頭髮捲曲雜亂，可能是燙過或自然捲。女孩穿著小T恤與吊帶牛仔褲，鞋頭上還貼了有凱蒂貓跟口袋怪獸的貼紙，一隻鞋貼一張。

「你畫的？嗯，還滿精緻的，可是有一個敗筆……」狄二羅像是在評審。

史澤爾搔了搔頭（他的頭髮應該三天沒洗了）說：「這張畫大部分是請小鈴代筆的啦，我畫的只有少數地方。」問：「你說的敗筆是哪？」

狄二羅喝下一大口咖啡：「喲，就是手呀，她的雙手畫得太粗長，比例不對。」

海因澈一旁問：「這張畫，史先生畫的是哪一部分？」

「手。」史澤爾顯得很「幹」。

當晚，海因澈二人帶著行李，以及那張沒有什麼參考價值的畫，搭車來到第一間鬼屋──那棟出租公寓門前。

開車的是小鈴：「對不起，剛才迷路，現在都快十二點了。」

「嘎？」狄二羅從瞌睡中醒來：「剛才我們迷路啦？」搖頭苦笑：「難怪，我以為台北有這麼大。」

小鈴吐吐舌頭。

出租公寓的大門有兩扇，左邊是由房東私用的，房東全家人住在一樓。右邊則是公用的，門一打開，便可見狹窄的樓梯間，門外停滿了一堆機車。

小鈴領著海因澈二人魚貫上樓。那間鬼屋位於六樓樓頂（俗稱七樓），帶著大包小包的行李，爬起來可喘了。但，關我屁事。我只是個旁觀者。頂樓陽台的前半場中央，就是那間鬼屋，後半場架滿了曬衣桿、吊滿衣服。奇怪的是，沒有一個住戶敢把曬衣桿架在前半場。這使得陽台的後半場很擠，前半場又太空。

「這裡的住戶，也知道這間加蓋的套房是鬼屋麼？」海因澈問小鈴。

狄二羅搶在小鈴回答前，拍拍海因澈肩膀，指著樓梯間的外牆。

外牆上用粉筆寫滿了字，筆跡各異：「小心，這裡就是網路上說的那間鬼屋！」「別把衣服曬過去，那隻鬼會留下手印。」類似的話語。我想，其它住戶大概都不敢越雷池一步了。

小鈴便說：「那個鬼，除了鬼屋之外，從不去別的樓層搗亂。」她拿出一串鑰匙，交到狄二羅手中：「那我回去了，拜。」

海因澈關切的問：「妳一個人回去不害怕？」

小鈴苦笑：「跟你們今天晚上的遭遇相比，我就不怕了。」說完，頭也不回的走人。（說真的，她下樓的腳步聲簡直快如閃電。）

海因澈與狄二羅相視苦笑。

斯、斯、斯——

套房燈光的電路有點潮濕，閃了三下才全亮，一股地毯的霉味直衝鼻腔。我是從他們兩個的表情判斷的。

狄二羅抱怨：「真是鬼屋，爛到『鬼』都不住的『屋』。」

海因澈將所有的窗一一打開。三面四扇，窗戶超多的。

狄二羅去看浴廁，還好，很久沒用，所以乾淨。至於簡易的廚房則留了一隻「小強」的屍體，都變成「蟑螂乾」了。

海因澈神色疑惑的說：「真是奇怪……」

「奇怪什麼？」

「怎麼不見那只面具？」

狄二羅聽完愣了一下，也覺得不對勁。

總之，兩個大男人，又是來短暫住宿，當然不會仔細清理，隨便弄一弄，就去洗澡、睡覺囉。

我是不需要睡覺的，既然知道這裡有鬼伴，哪有不留下來注意的道理？

從他們兩個上了床、聊天開始，一直注意到他們都睡了、打酣為止，我什麼也沒看到。這一夜，就跟我死後的每一夜相同：孤獨得可怕。莫非那個戴面具的小鬼不想讓我看見？就像茵茵姐？

每個畫鬼師其實都是「陰陽耳」，能夠聽到鬼魂說話，而且，固定只能聽到一位。海因澈身邊的鬼魂就是茵茵姐。（作者按：相關故事，請參看第一集。）茵茵姐會告訴他哪裡有鬼、在誰身上、長什麼模樣，好讓海因澈畫出。然而，像我前面說的，有的鬼能讓別的鬼看不到自己，我是沒辦法啦，可能是做鬼做得不夠久，還沒找到門路。

午夜三點多，昏暗中，突然閃過一道白影！我第一個想法就是：它來了？

結果什麼也沒有。

整個給他無聊到爆，直到天亮。

海因澈似乎習慣側睡，左右左右翻身。狄二羅的睡眠習慣就怪了，整個人埋進了被子裡，即使是這樣熱的夏夜（房裡有電扇啦），薄薄的涼被，埋進裡頭還是很熱吧？

七點半，不知是誰的手機設了鬧鈴，響了。

狄二羅從被子裡鑽出來，伸手在床頭櫃上按掉他手機的響鈴。我嚇一跳。不是被這動作嚇到，而是被他嚇到的：他的臉，正戴著那只面具。那只純白、造型簡單的面具。

海因澈也醒了，睡姿又正好面對狄二羅那側，呀的一聲，整個人跳了起來。

難怪他給嚇得。我是鬼，我剛剛都嚇一跳。

狄二羅問：「阿你是看到鬼ㄋ？」

「無聊！」海因澈認為對方是在開玩笑，害他嚇大一跳，很沒面子，氣沖沖下床，自顧去浴室梳洗了。

狄二羅應該不是故意的吧？躲在棉被裡偷偷戴上面具？這時，他坐了起來，搔搔臉，身體震了一下，雙手驚訝地在自己的臉上（面具）亂摸，然後跳下床去找鏡子……

「幹！這啥？」

海因澈從浴室拎著毛巾走出來：「你什麼時候弄到它的？昨晚我覺得奇怪時，你還故意不講呢。」

「什麼啦！你把面具戴到我臉上幹嘛？」狄二羅氣急敗壞的喊：「還不把它弄下來！」

海因澈很了解這個老朋友，明白不是對方亂開玩笑了，於是走近幫忙。

那只面具沒有鬆緊帶，也不是全罩式的，竟然「黏」得那麼緊，兩個大男人使盡各式方法、用盡所有氣力，還不能脫去。

「呼呼呼～～」狄二羅邊喘邊問：「怎麼辦？我的它（跟隨狄二羅的鬼魂）根本看不到面具上有鬼。你的呢？」

海因澈搖搖頭說：「我的也是。現在感覺怎麼樣？」

「怎麼樣？當然是很幹囉。」

「我的意思是，如果這不是鬼做的，那就是人做的，我擔心有人趁我們昨晚不注意，用了什麼化學溶劑，把這東西貼在你的臉上，惡整我們。」

「你是說製作單位？」狄二羅開始擔心，身為畫鬼師，他並不太怕鬼，怕的是活人搞鬼。他拿起手機，開始撥號……「喂，史澤爾，你在搞什麼！叫人在我臉上偷黏這個面具？你該不會還在房裡裝了錄影機吧？」

手機那頭，傳來史澤爾剛睡醒的聲音：「唔，誰呀？喔，你是狄……嗯，你一覺醒來，臉上就戴了那只面具對不對？」

「幹嘛叫人來整我？這是整人節目嗎？」

「我沒有叫人整你，之前不是說過那只面具，『凡是住進去的人都想扔掉它，卻又扔不掉。』」

「嘎？！」狄二羅愈來愈發毛了：「我以為你說的鬼，是那個小女孩耶。」

「她也是受害者啦。那間鬼屋最可怕的，就是那只面具，它把每個人都整死，其中一個，就是那個小女孩，死了變成鬼囉。」

這下子，狄二羅的臉都綠了。可惜我看不見。

03 人間悽涼

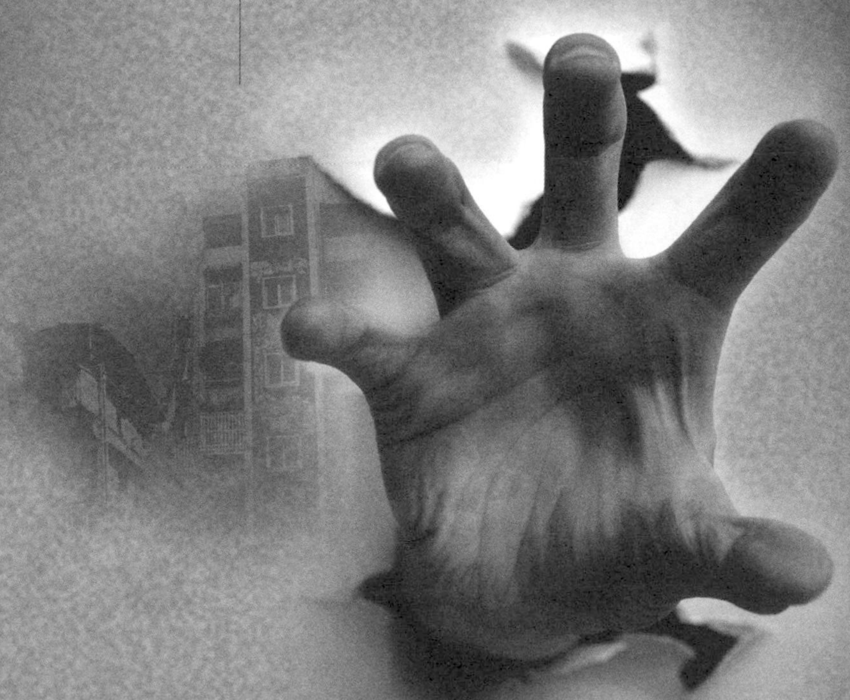

「史澤爾這傢伙，說話不清不楚，根本是誘騙我們來受害的。」

狄二羅一邊抱怨，一邊讓海因澈拿刀子在面具上又刮又撬，那只面具的材質令人分辨不出，也不曉得該怎麼辦才好。以往，畫鬼師們所以令人敬佩，就是能畫出別人身上的「無形」病因，加以解決。而今這兩位畫鬼師竟看不著、聽不到這只面具的玄機，跟一般人就沒什麼兩樣了。

話說回來，我是鬼，我也看不到那個鬼，難道，它是藏在面具裡？

海因澈把刀子扔掉、放棄了：「他的意思是，住過這間套房的人都曾經這樣，才一個個被逼得自殺？包括那個小女孩？」

狄二羅兩手一攤：「那個死B養，講話顛三倒四的，哪知是真是假呀。」

海因澈沉吟：「也許……走出這個房間，事情就解決了？」

兩個人於是走往房門，將門打開——

房門口站著一個人，正是那個小女孩！那個身材矮胖、戴著同樣一只面具、眼神炯炯、頭髮雜亂、穿著小T恤與吊帶牛仔褲的小女孩。正確的說，她是鬼。是我看得到的鬼。

但海因澈與狄二羅卻看不到。「乒」的一聲，走在前方的海因澈被撞了回來，讓身後的狄二羅也碰了一鼻子灰。

「澈ㄚ，你會不會走路呀？」

海因澈察覺事有蹊蹺，試著張手去推，發現門口有一堵無形的力量，回頭說：「糟糕，是『鬼擋牆』。」

狄二羅趕緊退了一步，原地傾聽。這是畫鬼師運用陰陽耳的「標準姿勢」。

海因澈先從茵茵姐那裡聽出了端倪，說：「是那個戴面具的小女孩。」

狄二羅沒好口氣：「廢話，難道會是賣火柴的小女孩。她想幹嘛？」

海因澈將門關上說：「看樣子，我們暫時是出不去了，你得……先戴著面具撐一會兒。」

「我才不要！又沒賺他多少，難道還要被毀容。」沒耐性的狄二羅拿起手機，再次撥了史澤爾的電話：「……喂，我又來了，你還沒起床呀？」

「又怎麼啦？」

「又怎麼啦？！我臉上戴著這張鬼面具，拔不下來，你還不快來幫忙？」

「哎呀，不是跟你說了，它要下來，自己會下來，它不下來，你硬拔也沒用嘛，我去了也幫不了忙。」

「那、這房門打不開是怎麼回事？」

「是鬼擋牆啦，沒什麼。你應該也知道呀。」

「去你的！說好我們要在這裡『住三晚』，現在卻變成『關三天』，想把我們活活餓死啊。」

「不會啦，小鈴會帶吃的過去，不會餓死啦……」手機那頭的聲音愈來愈小，終於斷線，史澤爾繼續睡他的大頭覺。

憤怒的狄二羅還想再撥手機——

「算了啦，」海因澈說：「他跟我們同樣是畫鬼人，我們做不到的，他也做不到。」

「可是也不能騙我們呀。」

「唉，騙都騙了，還能怎樣？再說，我不相信這會有生命危險，電視台承擔不起的，他們還想賺錢吧。」

狄二羅這才忍下一口氣，進了廁所撒尿去。

過了不久，窗口有人敲喚：「狄先生，海先生，早安！」是小鈴。她在其中一扇窗戶外，手裡拎著大包小包的。

海因澈二人開了窗戶的尼龍紗頁：「早，小鈴。」「早啊。」

小鈴雙眼盯著狄二羅臉上的面具，邊將手裡的東西從窗口遞進來，邊說：「我買了一條甜土司、半打保久乳、一袋葡萄柚、一斤香蕉、三四包零食、五六罐罐頭……嗯，還有很多泡麵。」

海因澈接過東西後苦笑：「你們真準備把我們在這裡關三天？」

小鈴臉上笑容僵硬地說：「如果你們能自己煮，我可以再買些蔬菜跟肉來。」

狄二羅問：「上次住進來的那個人，一覺醒來，臉上也戴了這只面具？」

小鈴點頭說：「嗯，史先生那時候也是這樣。」

「是他？」「他！」海因澈跟狄二羅都愣住。

「本來他是想親自體驗這五間鬼屋的，沒想到才來第一間，就嚇得不敢了，所以才請你們兩個來。」

狄二羅趕緊問：「面具在他臉上戴了多久？」

「三天吧，我記得。第三天他出來的時候，臉上就沒有面具了，只是……有眼淚。」

「小鈴，幫我們開門好不好？」海因澈問得更乾脆。

「就算我把門打開，你們也出不來呀。」轉身就要走了——

「等一下！」「你先別走。」海因澈跟狄二羅趕緊把她叫住。

小鈴回頭說：「對了，購物袋裡還有兩本筆記本，記得要打分數、寫評論喲。」說完，閃電般的離開，下樓的腳步聲像是半跑半跳。

「喂！」眼看她飛也似的逃掉，海因澈與狄二羅只能隔窗呼叫，無可奈何。

狄二羅問：「你想，我們要不要報警算了？」

「我們是畫鬼師耶，報警？太沒面子了吧，再等一等，看看那個鬼要什麼，或許可以想出辦法。」

每當兩人試著開門出去，總被無形的力量（小女鬼）給阻止，試著弄開面具，也總是不得要領，整個給它束手無策。海因澈建議先把肚子餵飽再說，拿了土司跟保久乳來。

「媽的，」狄二羅指著面具：「它又沒有預留嘴洞，阿我是要怎麼吃？」

海因澈試著將面具下方抬高：「這樣行嗎？」

狄二羅只得把土司壓扁，再擠進面具、送進嘴裡。

「我看，這三天你可能得吃流質食物。」

「流個屁！我又不是病人。」

這兩人感情不錯，時常鬥嘴，卻又絕不翻臉。就這樣，吃完早飯後，狄二羅躺回床上自言他的自語，碎嘴嘀咕。

我看站在門口的那個小女鬼（孩），像是尊雕像般，一直站著不動，好怪。時間久了，她慢慢把臉轉向我這頭，跟我對看。慢慢的，我感到四周起了變化……

房間的牆壁刷新了、地板卻變髒了、浴廁裡擺滿了東西、門口也放了拖鞋，哇！這間鬼屋好像搭乘時光機回到了過去耶。

房裡，書桌邊上，坐著一個努力用功、正在讀書的男人。而海因澈與狄二羅則不見了。

發生了什麼事？怎麼會這樣呢？我納悶。

接下來，時間開始快轉，畫面也跟著快轉：男人吃喝拉撒睡都在這個小小的套房，日復一日。他很少出門，有時甚至兩三天才出去一趟，很快又回來。我看他唸的書，全是一些法律相關的書籍，封面標明了「國家考試」、「高普考」的字樣。嗯，他是一個失業的國家考試考生。

瞧他的年紀並不年輕，應該超過三十歲，至於是三十多少，我就不知道了。結婚了麼？好像還沒。唉，我很了解長期失業是什麼滋味，結婚？當你連自尊、自信都沒有的時候，戀愛都很困難了，還結婚呢。

他是上一個房客？房裡的月曆是1998，十多年前？唔，他應該不是上一個房客，而是「第一個」房客，是這一切的源頭。

所以，他才讓我看見這一幕又一幕？想引領我了解什麼呢？

畫面繼續快轉，一年又一年過去，天呀，他還沒考上？始終一個人住這裡？

除了用功唸書外，男人唯一的娛樂就是看電影，唯一的朋友就是網路。偶爾，看他打開抽屜，取出一個相框，凝視相片裡的主人翁——一名女子，默默掉眼淚。我猜，他也曾經談過戀愛吧，曾經被傷過。從他聽的音樂可以判斷，像是張宇的「千金難買」，莫文蔚的「如果沒有你」等等，都是療傷歌曲。

那只面具出現了！

那是他某一個週末看完電影買回來的。

隔沒多久，那個小女孩也出現了。她是男人妹妹的女兒，男人的妹妹死掉留下的。

接下來的畫面，都是這個失業男負責照顧姪女的生活點滴了。

貧窮的生活是很艱苦的，要是貧窮又加上孤單，那就苦上加苦。男人被迫要半工半讀，從他下班時身上穿的制服來看，他是在一家便利超商做店員，小夜班，我想薪水應該很少。他的心思仍然放在書本上，想要考上公務員，抱一個鐵飯碗。從他跟網友們互動的字句裡，我才了解，這年頭的國家考試，平均錄取率都低到1%，幹，也太難了吧，難怪他考這麼多年還考不上。換做是我，才不幹哩。

小女孩愛哭，又頑皮，不容易照顧。男人下班回來，已經一身疲憊，卻還要看書，還要照顧她，在這一間小小的套房裡。

某個夜晚，獨自在家的小女孩玩起打火機，不小心點燃窗簾，火勢一發不可收拾，燒到了書本、書桌，延燒整個房間。小女孩嚇壞了，想要開門逃脫，房門卻被男人事先反鎖，無法打開。男人擔心小女孩出門遊蕩，這才反鎖的，沒想到因此造成傷害。

小女孩被活活燒死。死的時候，臉上戴著那只面具。

男人回家後獲知，非常自責，哭得死去活來，也被家人、房東與警察罵了個狗血淋頭。事後，他遭到檢察官起訴。

工作沒了，一旦涉入官司，想考國考，恐怕也沒資格。他整個人都癱啦。

他搬回老家，整天都戴著面具，不吃不喝也不睡。人家問他搞什麼，他回答：「我三十幾歲，還窮困潦倒、失戀失業，連自己租的套房都沒了，考了這麼多年的國家考試都沒考上，還把妹妹留給我照顧的孩子害死……像我這種廢物，沒臉再活下去！」

說完這些話的隔天，他就失蹤了。

不知隔了多久，房東帶人來到這間套房，準備裝修，才發現男人腐爛的屍體。男人回到這裡自殺了。死的時候，躺在燒焦的床上，戴著面具。

第二晚 第一間鬼屋：台北

「醒一醒，二羅，醒一醒！」海因澈猛搖狄二羅，狄二羅好似昏迷過去了，會不會……像我一樣，也陷入面具主人過往的回憶中？

狄二羅突然雙眼睜開，坐了起來。

而我，也像剛睡醒似的，發現室外天色轉暗、室內恢復原狀，不見那個男人，只見海因澈與狄二羅。

海因澈鬆了一口氣：「你怎麼啦？剛才叫都叫不醒，我都快叫救護車啦。」

狄二羅偏過頭去，看著海因澈說：「剛才我做了個夢，好長的一個夢，夢見這房間以前的主人，戴著面具自殺……」他跟海因澈講起那個男人的故事，故事情節就跟我「看見」的一模一樣。

講完故事，已經晚上七點半了。

海因澈只說：「我要煮泡麵，開些罐頭，你餓不餓？」

狄二羅點了點頭。他還是呆坐在床上，睡了那麼久，卻顯得更加疲憊。

這時，窗口又有人敲喚：「狄先生，海先生，晚安。」是史澤爾。他在其中一扇窗外微笑。笑得還是那麼難看。

狄二羅開了窗戶的尼龍紗頁，破口大罵：「幹！要不是有鐵窗擋著，你爸早過去給你一拳啦。」

史澤爾苦笑：「別這麼兇嘛，就算沒有鐵窗擋著，你也出不來呀。」

狄二羅冷冷的問：「聽小鈴說，你也來住過幾晚？」

「是啊，你的遭遇我都能體會，放心，明天晚上吧，你臉上的面具就會自己掉下來，門口的鬼擋牆也會消失。」

海因澈也不高興了：「那麼，你怎會不曉得『他的故事』呢？」

「他？誰？」

「就是這只面具的原主人呀。你跟我們說，面具是以前的房客留下來的，又說小女孩也是受害者，還畫了那張畫，把我們耍得團團轉，何必呢？為什麼不一開始就明講？」

史澤爾臉部的表情僵住，頓了一頓，才說：「嘿嘿嘿，你說的是沒錯啦，但我是有正當理由的。」海因澈跟狄二羅都瞪著他看，等候他的「正當理由」。「吶，如果我一開始就明講，你們住進來之後還會怕嗎？別忘囉，你們是來體驗、評分的，所以必須跟一般人的遭遇相同，否則就會失真，就沒有意義囉。」

狄二羅關心的是：「萬一明天晚上，我的臉還是這樣怎麼辦？」

「這個嘛，」史澤爾吞吞吐吐的說：「按照我的經驗，應該是不會啦。」

海因澈問：「那麼你說的那些自殺房客的故事，也是假的？」

史澤爾賤賤的搔了搔頭：「是，啦。所有房客都在三天之內就搬家了，沒人自殺啦。」

「最好是這樣。」狄二羅悻悻然。

海因澈又問：「你是來……」

史澤爾笑笑：「我是來看看你們，順便問你們筆記寫得怎麼樣啦。」

海因澈說：「明天再來收吧，明天給你。」

史澤爾感到滿意：「那好，明天傍晚我再來，接你們出門，請你們吃飯。」

「對了，」海因澈好像想起了什麼，叫住對方：「我可以將這裡的故事po上網嗎？」

史澤爾一愣：「你有部落格？當、當然可以呀。不過，我也曾經po過，網友都沒興趣呢。」

海因澈笑：「我有我的辦法，只要你同意就行了。」

史澤爾走後，狄二羅問：「你準備把他的故事po上網？」這個「他」，指的應是面具的主人。

「沒錯，這是他的意思。」

「他的意思？」

「他的鬼魂不是不存在，而是躲到面具裡了，就像他生前那樣。他要所有的房客戴上面具，是想讓他們體驗當年他的處境、他的感受，想讓更多的人了解他的悲哀與悽涼。如果我們能幫他做到這一點，那他應該會安息，不再留連於這個房間、這只面具。」

狄二羅覺得很有道理：「嗯，就這麼辦。身為畫鬼師，我們不僅幫人，也該幫鬼。」

「你的筆電有無線上網吧？」

「嗯。」狄二羅立刻去翻他的行李袋。

窗外，這時滴滴答答了起來……開始下雨了。

海因澈注意到，那個戴面具的小女孩正站在陽台外頭，注視著他。

「怎麼啦？」狄二羅抱著筆電走回，也發現了：「媽的，你該不是也看到我看到的？」

是啊，畫鬼師通常是看不到鬼的，如今他們兩個同時見鬼，很不自然。

雨愈下愈大。

那個戴面具的小女孩突然唱起歌來，唱的是首兒歌：妹妹背著洋娃娃。歌聲沙啞、高亢而走調。難聽到爆！接著她邊唱邊跑，踩著滿地的積水，繞著房外，不停地、來回地跑……

04 靈異

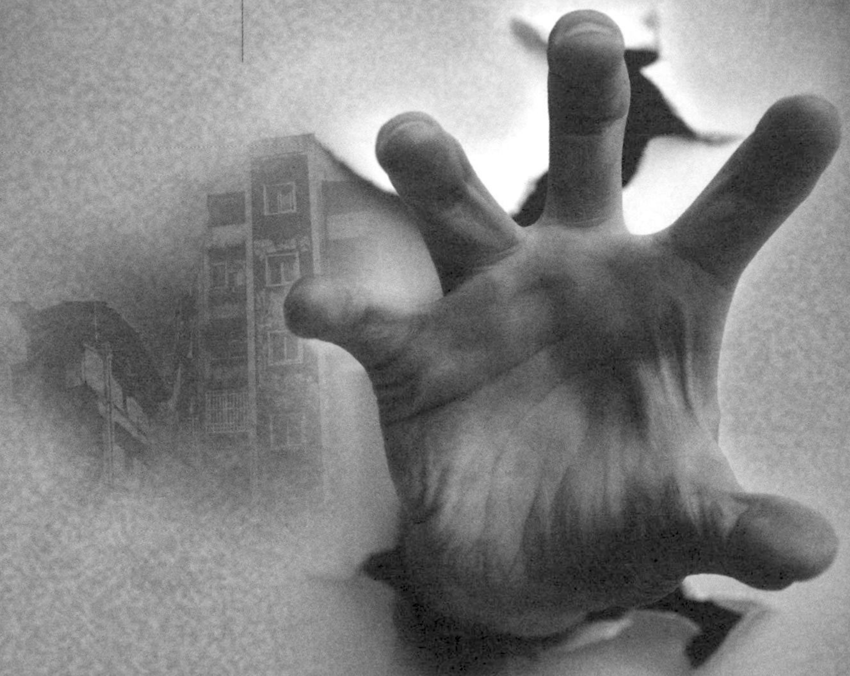

海因澈雙眼一亮，聰明！他跟我一樣也識破了，拿起手機，撥了號碼，說：「喂，史先生嗎？」

「喲、喔，海先生呀，又怎麼啦？」

「能不能把門外這個小女孩帶走？她好吵耶。」

「嗯、啊，什麼小女孩？」

海因澈拉高了嗓門說：「我從手機這裡，都能聽到你那邊傳來她的歌聲了，你還想賴？快把她帶走！無聊。」

五分鐘後……

史澤爾又出現在窗戶外，打著雨傘，整臉的「屎」。

那個戴面具的小女孩恰巧跑了回來，撞在他身上：「哎喲。」

「卡！」史澤爾趕緊打暗號。

陽台四周，這才跑出一名攝影、一名燈光跟一名收音師。小女孩也把臉上的面具拿掉。唔，當然啦，她不是鬼，只是個普通的小女孩，應該是某個童星吧。我想，她將來是不可能當歌星的。

狄二羅氣翻了，朝著鐵窗比了一個「fuck」的手勢。

「嘿嘿，嘿嘿。」史澤爾笑得更加難看，趕忙帶著他的人馬倉皇離開。大概他想拍些自己設想的橋段，搞得像似「藍色蜘蛛網」那樣，卻把海因澈與狄二羅也利用了。

剩下的夜裡，海因澈坐在桌前敲著筆電的鍵盤，寫下這裡的故事……狄二羅則躺坐在床上，戴著面具，看著無聊的電視節目。三不五時，狄二羅會去撥一撥面具，試試看能不能早點將它解脫。

直到十一點多，海因澈才把故事寫完，他打了手機出去……「喂，阿咪呀？是我啦，澈ㄚ。」

阿咪是海因澈的朋友，同住台南，是個電腦高手，也是個高明的部落客。

海因澈將他辛苦打完的故事mail過去，拜託阿咪幫忙po上網，不管用任何方式。他知道阿咪就是有本領將它散佈出去，提高能見度。

「是那個阿咪？」狄二羅問。

海因澈點了點頭：「搞定收工，我要去洗澡啦。」

這個夜晚就這麼過去了。

隔天一早，七點半，手機鬧鈴又響。

狄二羅從被子裡鑽出來，伸手按掉。這回又嚇我一跳了——他臉上戴的那只面具已經不見。

海因澈隨後也醒來，睡姿又正好面對狄二羅那側，整個人跳了起床。

狄二羅問：「阿你是『中猴』喲？昨天嚇一跳，今天還嚇一跳，忘了我臉上戴面具呀。」

「照照鏡子吧。」海因澈苦笑，搖了搖頭，自顧去浴室梳洗。

狄二羅於是起床，伸手搔臉，一愣，高興的又叫又跳，下床去找鏡子……「哈！不見啦，啦啦啦，它終於不見啦，哈哈哈哈。」

海因澈在浴室裡說：「趕快把行李整一整，我們離開這個鬼地方啦。」

梳洗整理完畢，二人走往房門，將門打開，一時間，都不敢跨出步伐，擔心又被鬼擋牆。

以我來看，房門口站的那個戴面具的小女孩，已經不見了。

海因澈試著走出第一步，發現沒問題後，回頭要告訴狄二羅，狄二羅卻變了臉色。那只面具，不知何時，出現在房裡的床上。

兩個人都不寒而慄了吧？趕緊跑出房外。

剛好一陣風吹過，砰！房門在這時候自行關閉。

海因澈與狄二羅無言以對。隔了一隔，狄二羅問：「心得跟點評要怎麼寫？」

「就寫……這是一棟安全的鬼屋，只是，住進來前，記得多準備一點泡麵。」

手機這時響了，是狄二羅的，他接起手機：「喂，喔，你呀，怎麼啦？我們出來啦，是啦……嘎？！」

海因澈一旁問：「誰？史澤爾？」

狄二羅點了下頭，對著手機問：「你再講一遍，別又呼弄我們喲，你老是……喲？真的？嗯，」他按住手機話孔，抬頭對海因澈說：「你猜那混蛋今天早上醒來時怎麼樣？」海因澈搖頭。「他的臉上，戴著那只面具耶。」狄二羅半信半疑的笑：「那，祝福你啦，套一句你的話，它想掉下來時，就會掉下。」切斷通話，狄二羅順手關機。

二人下樓時，樓梯間傳來的腳步聲，穩重而輕盈。

第三晚 第二間鬼屋：中壢

隔了半個多月，鬼屋企劃再次展開，聽說上次的企劃在網路上激起了很大的迴響（這得感謝那個阿咪），電視台方面急於開始第二間鬼屋的活動。

「到了！就是這裡。」

仍是由小鈴開車載著海因澈與狄二羅來，這次，只有在下交流道時才迷路。怪就得怪這裡的交流道設計，明明中壢、內壢不一樣，卻不寫清楚，故意製造誤會的空間。話又說了回來（因為說不過去了），我是鬼，管這麼多幹嘛？

第二間鬼屋，嚴格的講，是位於內壢省道邊的街巷裡，一棟四樓建築的其中一戶公寓。附近巷子可供停車，小鈴用她「肉腳」的駕駛技術，勉強將車停妥。

海因澈一路都在爭論時間的問題：「……他（史澤爾）怎麼可以這樣，要是我們住進去，每天都碰不到鬼，是不是就要在這定居啦？」

小鈴委屈的說：「沒關係啦，他也會過來，你們再跟他討論看看。」

有嚴重「宅男症候群」的海因澈搖了搖頭，依舊不滿。

來到二樓，一共兩戶公寓，左邊那戶，就是鬼屋。

小鈴拿出鑰匙把門開了……

屋內的格局是典型的三房兩廳，除了主臥室擺有床鋪、桌椅外，其餘空間，包括客廳在內，全都空無一物。

小鈴滿懷歉意的說：「房東只願意提供這些家具了，」指著她帶來的大包、小包，「我幫你們買的都是些盥洗、衛生用品，吃的問題就要麻煩你們自己出外解決囉。」

狄二羅拍拍她的頭說：「OK的啦，出發前你已經講過了。」

海因澈問：「那，應該也沒法上網囉？」

「這我問過，附近有網咖，只能這樣。」

狄二羅按了按電燈開關、試了試水龍頭：「行啦，有水有電就可以，反正是來工作的嘛。」

海因澈一旁冷冷的說：「就不知道工作的內容是什麼。」

略做安頓後，依照「慣例」，小鈴又飛也似地離開。

入夜了……

他們一直等不到史澤爾來。

狄二羅不爽的掛斷手機：「媽的，打了幾百通啦，不是不接，就是說在忙，幹！阿是在忙什麼？」

海因澈開啟手提CD player，轉到收音機的音樂台，癱在沙發上，任憑思緒飛轉。角落裡擱著一大包垃圾，裡頭是稍早二人吃過的便當、飲料與水果。旁邊還放了兩手台灣啤酒。

狄二羅看看錶，起身打了個哈欠：「我先洗澡了，等會陪我喝幾杯。」

「你不怕半夜鬼敲門時，已經醉得不醒人事？」海因澈笑。

狄二羅留下一聲冷哼，逕自去了。

這次的鬼屋之旅，依照史澤爾的說法，必須遇到鬼才能終止，因此，企劃的時間不定。難怪海因澈一直在抱怨，擔心要是住進去後，「每天都碰不到鬼，那不是就要在這定居了」。然而，住進來的第一晚，海因澈跟狄二羅就遇到了騷擾，那是在二人喝得微醺、睡得正甜的時候……

哆哆哆，有人來敲房門。

狄二羅推推海因澈，要他應門，自己則翻身繼續睡。過了一陣，狄二羅感到海因澈的身體躺回了床上，便問：「誰呀？」

「是鬼啦，跟本沒人。」

沒人？大概聽錯了敲門聲。兩個人又繼續睡。

說真的，我也沒能看到，這次又跟上次雷同，屋子裡的鬼魂也不肯對我現身。唉，鬼都不幫鬼。

接著，敲門聲又來了，哆哆哆。這兩個傢伙大概睡死了吧，或是裝做沒聽到？可是敲門聲卻沒停止的打算，哆哆哆、哆哆哆，敲個沒完沒了。

「誰呀？！」狄二羅有點火大了，起身怒問。

門外卻沒人回應。

看看手錶，午夜三點了，狄二羅不甘不願起床，碎嘴嘀咕：「幹！你爸知道你是鬼，鬼也要有品好不好，剛剛你又不出現……」打開房門，外頭仍沒有半個鬼影。

海因澈在床上問：「該不是史澤爾那傢伙又在惡作劇？」

狄二羅只得幹幹的走回床邊，剛要上床，敲門聲又起：哆哆哆、哆哆哆。他立刻衝回門邊，把門打開。

門外依舊沒人。也沒鬼。

狄二羅回頭問：「喂，怎麼辦？」

「什麼怎麼辦？」海因澈睡眼惺忪。

狄二羅苦笑：「該不會被你說中了，真是半夜鬼敲門。」

這兩個畫鬼師怕的不是鬼，而是不得安寧、無法睡覺。

海因澈坐了起來：「聽音樂你有沒有辦法睡？」

狄二羅一副無所謂的樣子。

海因澈於是出門將他的CD player提了進來，小聲地播放音樂，然後跳上床、轉過身，繼續睡覺。

狄二羅也關上了門。

此後，不管那「敲門鬼」再怎麼鬧，二人都不理會，沉睡在音樂聲中，隨它敲去。

就這樣，一覺到天明。讓悠揚的輕音樂遮蓋敲門的騷擾。

或許是這樣吧，翌日一早，史澤爾來敲門時，海因澈他們也沒當一回事……

「我敲得手都快斷了耶。」一進門後，史澤爾十分不滿。

海因澈與狄二羅衣衫不整、蓬頭油面的「迎接」這位電視台代表。海因澈說：「對不起，如果你先警告我們，昨天晚上，我們就不會被吵得難以入睡，就不會讓你敲門敲半天了。」

史澤爾問：「吵？鄰居嗎？」

海因澈轉向浴室，要狄二羅：「你跟他說吧。」

這個不喜歡把話講清楚的畫鬼人，依舊滿頭的油膩膩，眼神依舊飄忽，笑容依舊詭異，儀容呢，依舊不修邊幅。上次，他被那只面具纏上，嚇得不敢上班，叫了消防隊去他家幫忙，才把面具除掉。今天還能看到半個月前留在他臉部的傷疤呢。

聽完狄二羅的描述，史澤爾沉吟：「你們『運氣』真好，才來第一晚就遇上，嗯，今晚再試試，應該會有更多『料』。」

梳洗完畢的海因澈走了回來，不高興問：「什麼料？你還沒告訴我們，這間鬼屋的底細。」

史澤爾苦笑：「這間鬼屋……有的不是鬼，而是法力。」

狄二羅用種古怪的表情看了海因澈一眼，那表情像是在說：別聽這傢伙唬爛。

「這是真的，」大概史澤爾自己也曉得他的話已經沒什麼信用，趕緊強調：「房東跟我們說，凡是住進來的人，都會看見一些有的沒的。」

「什麼有的沒的？」海因澈問。

「我也不會講，反正你們繼續住下去，就會明白啦。」

「那乾脆讓我們跟房東直接聯絡。」

「不行！」史澤爾像是保護智慧財產權般，神秘兮兮：「人家可不想曝光，他的房子以後會租不出去。」取出一台筆電，交給狄二羅，「這台有無線上網的功能，你們把心德、評價什麼的，寫在公司的部落格裡吧。」

狄二羅也有筆電，大概心想不拿白不拿，也就收了。

這場會議開了等於沒開，匆匆開始，又草草結束。

中壢雖然是座小城市，卻有不少大學，假設有「大學數量比率」這種指標，它恐怕是全國數一數二的。

中原大學就位於中壢。

中原大學學生人數超多（破萬了），校區的消費力量驚人，幾十年經營下來，聚集了大量攤販與商家，近年更成為中壢人的「夜市」之一。許多中壢人說要去「中原」逛逛，說的往往不是中原大學，而是中原夜市。

海因澈與狄二羅白天沒事幹，相偕到中壢市區亂逛，到了下午，就到中原閒晃了。無論是看電影、吃小吃，還是泡網咖、坐茶店，中原都不令人失望。

第四晚 第二間鬼屋：中壢

當天夜裡，回到那間所謂的鬼屋，二人仍不以為意，聽音樂、閒聊、打電話（狄二羅當然是打給他的蔡小姐囉），接著洗澡、喝酒、上床睡覺。

在音樂聲中朦朧打盹、恍惚入眠時，突然，狄二羅聽到隔壁傳來驚呼嘶吼，把他吵醒，他起床靠牆傾聽，才剛碰到牆壁，耳朵就像被燙到似的，痛得他往後彈開。他回頭想叫海因澈，一轉眼，竟發現窗上照映的房內景象與實際不同！

實際上，他們房內是一片平靜。

窗景上，他跟海因澈以及一大堆看不清楚長相的人，都陷入慌亂恐懼，跟著到處奔竄、哭號哀叫，旁邊的人或是互相擁抱，好似死別，或是跪地祈禱，唸唸有詞。整個是一片濃煙火海。（我看到的也是這樣）

「啊——」

海因澈揉著眼睛問：「怎麼？又有人敲門啦？」

狄二羅兩眼無神，望著一臉茫然的海因澈，不知該怎麼開口。

海因澈嘆口氣，轉過身：「睡吧，白天不做虧心事，半夜不怕鬼敲門。」

狄二羅也倒床躺下，眼睛卻還睜得大大的，我想，他心裡應該是在說：「這不是鬼，絕不是鬼。」

然而，這又是什麼？

他不明白。我也不明白。

隔天一早，狄二羅起床後就不停吵著要終止這個企劃。海因澈雖不明白，就好比不明白別人做了惡夢，為什麼醒來還會那麼害怕般，但他早就不爽史澤爾的安排，更不希望一直乾耗下去，也就樂得附和。

手機那頭傳來史澤爾的勸阻：「……吶，這樣好了，今天我們外景隊要開到桃園做別的節目，住飯店呦，你們也一起來吧，我給你們一個房間，到時再討論好嗎？」

狄二羅冷淡的說：「好啦好啦，只要不繼續住這裡，我都可以。」

通話結束後，海因澈問：「昨晚你該不是遇到什麼了？」

狄二羅於是把他昨晚的所見講了一遍……然後憂心忡忡的問：「你想，這是怎麼回事？老實講，我還寧願遇到鬼，像昨晚那樣，反而可怕。」

海因澈臉色也不好看：「怎麼回事我不知道，但我認同你講的，這的確讓人害怕，換做是我也一樣。」

兩個人心情都莫名down到谷底，百無聊賴的度過整個白天。

第五晚　桃園

史澤爾一行外景團隊下榻的飯店，是家觀光大飯店，樓層高、門面大、佈置更是豪華。

海因澈與狄二羅被招待住進其中一間套房。說是套房，佔地卻不小，還比那一間鬼屋大哩。套房裡附有客廳、廚房與和室，景觀宜人（因為樓層高嘛）。兩個人都很滿意。

史澤爾也看出他們很滿意，笑說：「這樣總算對得起你們了吧。其實，這是給某個明星住的，偏偏他不領情，要去別的地方，所以……嘿嘿，嘿嘿。」

狄二羅說：「對了，關於那間鬼屋的事——」

「等一下，」史澤爾手機響起，接了來電，聊了好一陣子，大概是有人找他下樓應酬，他同意了。「鬼屋的事，等我回來再跟你們討論，我有點事先走，拜。」

他這一走，直到半夜都沒回來，海因澈與狄二羅只好先睡。

當晚，他們睡在高級彈簧床上，睡得可香了，兩個人都打起了鼾哩。也不知過了多久……

碰！一聲巨響，驚醒了狄二羅，他坐了起來，循聲去瞧，發現竟有人摔在床腳下。那個人吐血噴漿、頭裂眼凸，摔得是四肢倒折、滿地牙齒。狄二羅還沒來得及想清楚怎麼回事，房內四周，又接著碰！碰！下雨似的，掉下來一個個人，每個掉下的人全都死得很難看，成了一具具的屍體。

其情其景，簡直像阿鼻地獄。

海因澈也被吵醒了，問：「又怎麼啦？」

狄二羅剛要述說，卻又發現，四周哪來的屍體？房裡還是原來的模樣。他想這應該是夢魘，餘悸猶存。

也在這時候，一陣煙味吸引了二人注意——滾滾濃煙從門縫下源源而來。

猶豫之際，門外傳來緊急敲門聲，哆哆哆、哆哆哆：「失火啦！失火啦！」

這，可就不是夢了。

05 死裡逃生

狄二羅趕緊衝到門邊想要開門打探，可是夢境中的情形提醒他：門把會燙，於是他又奔進了浴室，裹了濕毛巾在手，開門後，走廊上滿是一團濃得化不開的黑煙！

飯店大樓失火，火勢已難以收拾了。

「怎麼辦！」這兩個畫鬼師也不得不慌張。

海因澈連忙關上房門，拿了條毛巾堵住門縫，還沒堵好，啪、啪兩閃，燈光霎時熄滅，四周變得烏漆麻黑。

驚叫聲也在房外響起。

接著他將兩條棉被抱起，丟進了浴缸，打開水龍頭沖濕。同時間，狄二羅也確定電話全部斷線。

海因澈說：「走！我們蓋著濕棉被，沿著走廊去找太平門。」

他們住的是七樓，距頂樓有七層，距底樓也是七層，一樣遠，如何逃生，就要看火是從哪裡燒起的。

兩人各蒙一條濕棉被，開門衝出，用四肢爬行於走廊上，迅速前進。

教人窒息的濃濃黑煙不斷湧至，若不膝行前進，根本無法呼吸。但濃煙外加停電，很多人都嚇得胡衝瞎撞，增加了逃生不少阻礙。

火舌是從五樓延燒上來的。同一樓層的房客多半選擇往上逃，海因澈他們也不能例外，眾人辛苦爬到太平門時，碰上六樓的人正衝上來。

其中一個正是史澤爾，對著他們大喊：「往上！快！往上走！」

才曉得六樓已經淪陷火海了。

海因澈、狄二羅以及許多房客一路往上逃，每一樓都是兵荒馬亂，每一樓能停留的時間也都很短，濃煙不曉得哪來的本事，迅速攻城掠地，比火勢還厲害。

凌晨五點多，天色剛亮，海因澈他們就退到了頂樓。

頂樓是處空曠陽台，除了可供直昇機停降的機坪，已沒有多餘的障蔽，一眼望去，是市區的部分街景，可清楚看到遠處一些大廈裡頭，不少人正在窗邊駐足圍觀。

消防車的警笛聲陣陣催來，由遠而近，由少而多，低頭俯瞰望去，可以望見消防車橫七豎八的擠在底下，不過，那得透過濃煙偶爾的消散才能看到。

飯店裡的其餘客人陸陸續續逃了上來，約莫有四、五十人，剩下的就不得而知了。

大家擠在陽台的中央，有人驚魂未定，有人哭泣發抖，有的人向天祈禱，有人沈默發呆……沒有一個人知道下一步該怎麼辦。

唯一能做的是等待。

海因澈看看身邊，狄二羅、史澤爾以及一些電視台的工作人員等，全都安然無恙——暫時安然無恙，稍稍感到寬慰。

登上頂樓的人滿心期待消防隊前來救援。不過，大概過了一個小時，救援沒等到，濃煙已先追至，它像巨大的魔怪，拼命地成長、膨漲、成長、膨漲。

頂樓固然較不怕煙嗆，但濃煙是火舌的先頭部隊，足見火勢之大。望著濃煙升空，黑霧擴散，灰燼似黑雪一般飄落，呼吸著漸漸污濁、滾燙、令人窒息的空氣，大家不得不開始緊張起來。

「你們看！有直升機飛來了。」一個男人指著遠方大喊。

人群無不歡欣鼓舞，對著直昇機呼號、揮手，脫掉衣服當旗子搖。

而直昇機盤旋一陣子後，又飛走了。

沒有人明白它為什麼飛走，失望之餘，有一個飯店的工作人員提出一個安慰的看法，他說：「……那一定是警方派來觀察的，這樣才能決定接下來該用什麼方式來救我們。」

這話頗有道理，包括海因澈在內的很多人都互相傳誦，彷彿它是救命咒語。

又過了半個小時左右，救援仍然沒有動靜，火勢卻持續惡化。首先，是開始起風了，風將濃煙吹遍了整處陽台，大家沒地方躲，不得不趴在地下，就著地面新鮮的空氣呼吸。

海因澈與狄二羅相視無言，臉色都不好看。

這時，又有直升機飛近！

大家也不顧濃煙啦，紛紛起身向它呼號，揮手的動作更激烈，深怕這回它又掉頭離開。

無奈風勢恰恰轉向了外頭，阻止了直升機接近樓頂、降落搭救。直昇機轉個方向，繞到頂樓另一端去，陽台上的人群跟著一起奔向另一端。彷彿是天意作祟，另一端這時突然發生爆炸！這聲爆炸威力不大，卻嚇跑了直升機、還冒出了一條火舌。

大家這才明白：大火，燒到頂樓了。

火舌既衝破一處，也就會衝破第二處，它耀武揚威、猙獰跳動，煎熬著四五十顆絕望的心。

每個人都陷入極度恐懼，沒頭沒腦地四下奔竄、哭號哀叫，有的互相擁抱，好似死別，有的跪地禱告，嘴巴唸唸有詞。

就跟狄二羅（還有我）昨晚看到的情境一模一樣。

狄二羅暗自苦笑，大概也明白了。

早上八點左右，氣氛比夢魘的午夜還可怕，地面（頂樓天花板）的溫度逐漸上升，已無法久站一地，熱蒸效應使得四周一片朦朧。

那是死神的呼吸。

兩架救難直升機又來了。它們吵雜盤旋於天空，由於情況比先前更形惡劣，根本無法降落，就連拋下的繩梯亦因機身不能接近，距離太高太遠，以致沒有人搆得著。白白讓四、五十人一下子跑東、一下子跑西，追著不停換位子的直昇機。

救難人員很有心施出援手，怨只怨反應不夠即時，錯失良機。而火勢變大、煙勢變濃、風勢也變強了，才發覺失去著力點。

悲劇便在這時候揭開序幕！

一個嚇得失心瘋的外國女人，衝過頂樓的護欄，一躍而下。她的親友見狀，哭號慘叫。

十四層樓的高度，結局會是什麼，無需預料。就連人體落地的撞擊聲響，都聽不到。

隨著其中一架直升機遠去（我猜是沒油了），另一架也空轉徘徊。東奔西跑、追逐直昇機的人群因此覺悟，進而轉趨絕望。

於是又有一個人跳樓，這次是個台灣人。

海因澈身旁一個老外淚流滿面，不停的叫喊「聖母馬利亞」。

大家突然像著了魔，有樣學樣，都想往下跳。每個人臉上的表情也全走了樣，雙眼泛著血絲，嘴角抽搐。

我甚至認不出史澤爾的臉，就連狄二羅，也變得像個陌生人。

海因澈呢？他緊緊的閉上雙眼。

接著又有兩個外國觀光客跳樓，是一對日本夫妻。

再接著，一位不明國籍的白人女性緩緩走到陽台邊。我永遠不會忘記她的臉。臨死之前，她還回過頭來朝大家笑了笑，笑容非常淒厲、詭異。然後她才往下跳。

再接著是一對母女。做母親的想跳，女兒不許，走到樓邊拉扯，結果「啊」一聲，女兒反倒失足跌落，她母親趴在邊邊哭叫了一陣，也往下跳……

另一架直昇機這時也離開了。

大家都仰頭呆望天空，不曉得是期待救援，還是期待老天爺幫助。

轟！腳下火苗竄出的地方，又多了一處。

一切似乎更絕望了。

狄二羅回想起自己連續幾晚的幻覺，一定倍覺遺憾，早知道便該有所警惕，也不致落到這種下場。

史澤爾說：「狄先生，我們跳下去好不好？跳下去好不好？這裡好燙。」

狄二羅揪住他的領口，大聲叫嚷：「不要！不許你跳，還有希望的。」

「還有什麼希望？嗚。」史澤爾哭得像個孩子。

很多人也都哭了。

煙勢這時又逼得大家趴下，以便呼吸，偏偏地面又燙得讓人難以靠近，進退維谷。

又有一個人因此跳樓了：「啊——」

碰！說也奇怪，跳樓墜地的死亡迴響，竟然變得清晰可聞。碰！又一聲。碰！又一聲。

史澤爾的一名同事受不了煎熬，站了起來，看樣子也想跳下去啦？不，不是，他好像發現了什麼，衝著大家吼叫：「別再跳啦！下雨啦，別再跳啦！下雨啦！你們看，你們自己看！」

是啊，天上好像有雨滴落下。我無法感覺，所以始終沒察覺，察覺奇蹟發生，天空下起了雨。

那是北台灣夏天常有的雷陣雨。

隨著雨水一滴、一滴落下，歡呼聲開始在人群中發出：「得救啦！我們得救啦！」「上帝啊！感謝你！主啊，感謝您！」大家叫喊著各自信仰的上蒼或神明，彼此擁抱，抬頭迎向雨水。

可是誰也分不清臉上的是雨水、汗水，還是激動的淚水。

隨著雨勢漸大，火燙的地面慢慢降溫，火舌慢慢變小，濃煙也不再那麼盛勢凌人。

獲救後的海因澈、狄二羅與史澤爾，三個人併坐在飯店大門的階梯上，儘管被大雨濕透全身，也覺得很爽。三個人都沒開口說話，任憑消防員、飯店員工、倖存者與記者穿梭來去在身邊。

最終，他們回到了第二間鬼屋。

洗澡整理完畢，也回神了，聊起這個企劃，狄二羅說：「我給這間鬼屋最高的評價。」

「有那麼恐怖？」史澤爾苦笑：「我還覺得在飯店陽台時更恐怖呢。」

狄二羅搖頭說：「我給這屋子最高評價，不是因為恐怖，而是因為它想救我一命，可惜的是，我太遲鈍了。」

海因澈一旁也說：「我舉雙手贊成。」

史澤爾歪了歪嘴巴：「其實，我也住過這裡，住了兩晚，卻什麼也沒遇到。」

海因澈笑笑：「別遺憾了，我也住了兩晚，還不跟你一樣。」

史澤爾問：「那你覺得狄二羅遇到的靈異現象，究竟是怎麼回事？」

狄二羅自然也很好奇，看向海因澈，看他怎麼解釋。

海因澈沉吟：「或許這間房子具有某著特殊的磁場，狄二羅正好跟它搭上？或許我們遇上的不是鬼，而是某種『神明』？又或許……」回看狄二羅，「奇特的並非這間屋子，而是你的體質，你能預見某些未來的事變？」

狄二羅「呵」的一聲短笑，沒有特別顯得得意，也沒有反駁。

我想他們剛剛歷經了一場死裡逃生，應該都身心俱疲了。

離去前，三個人決定擺張桌子，燒幾柱香，向這間屋子拜一拜，也一併致謝。無論來自它的那股力量是什麼。

這個企劃便在虔誠的氣氛下結束。

第六晚　第三間鬼屋：中部某地郊區

一個星期後，鬼屋企劃再次展開，這次是第三間鬼屋了。

車上，狄二羅神采奕奕，完全看不出一個星期前，他才剛從火場逃生，差點掛掉。

海因澈便挖苦他：「阿你是記性太差，還是個性太好？這麼快又答應他們走這一趟。」宅男海因澈經過上回的「火劫」，對於完成接下來的企劃，更是興趣缺缺，要不是他正好要到台中替一個老患者看診，這一趟中部之旅，他死都不會同行。

這是狄二羅的RV休旅車，由他駕駛，他們在車上聊起天來，也就無所顧忌。

狄二羅說：「放心，這間鬼屋是在一個鳥不生蛋的地方，屋裡什麼都沒有，白天我們不用留著，晚上才過去，白天你就去辦你的事情，電視台的人不會發現。」

「這是你說的喲，我不會跟你客氣喲。」

狄二羅大笑：「我說的，我說的，一言為定。」

海因澈睇了狄二羅一眼，神情調皮了起來：「你怎麼變得這麼大方？嗯，該不是中了樂透？」

「樂你個頭啦，我連統一發票都沒中過。」

「哈哈哈，」海因澈好像讀出了這位好友的心情：「是不是你跟蔡小姐求婚，她答應啦。」

狄二羅不講話，只是笑，顧著開車。

海因澈也很上道，跟著笑而已，沒繼續「虧」下去。

「三段十八巷……唔，快到了。」狄二羅把方向盤向右打死，開進了一條小巷弄，這巷弄比起阿圖師家裡的那條還小，沒多久，車子來到巷底的一片寬闊處，停在一排獨立別墅的其中一家門前。

「就這？」

狄二羅按了按喇叭回答。

幾聲喇叭響過，門口的樹下陰影，走出一名小姐，不是別人，就是那個小鈴。

狄二羅拉上手煞車，熄火開門。

小鈴迎了上前賠笑：「開這麼遠的路，累不累呀？」

大概因為心情好，笑容可掬的狄二羅擺了擺手：「還好啦。」指著眼前的別墅問：「是這一間沒錯？」

小鈴先跟海因澈打了招呼後，說：「沒錯，不過這間別墅除了水電外，仲介不提供其他家具喲。」

「仲介？」

「這棟別墅的主人不在國內，委託給仲介賣，所以我們是跟仲介接洽的。」

海因澈看看手錶，暗示狄二羅：他要閃人了。

狄二羅明白，說：「小鈴呀，已經四點了，你還是快走吧，要不然等會下班時間，高速公路是很塞的。」

「這樣呀……」看來，她也很想走的樣子，掏出一串鑰匙，交到狄二羅手裡：「那我就回台北囉，你們沒問題吧？」

狄二羅拍胸脯說：「沒問題啦，走吧走吧。」

倒是海因澈問：「史澤爾呢？什麼時候過來？」

小鈴說：「明天中午。」

「嘎？」海因澈表情很失望，那表示他得在明天中午前趕回。

「這一間，他也來住過嗎？」狄二羅問。

「呦，好像沒有耶，自從上次出了意外（火災），他對這個企劃就很消極了。」小鈴的表情顯得有些落寞。天啊，她該不會跟史澤爾那傢伙在交往？

目送她開車離去後，狄二羅才開口：「澈ㄚ，要不要進來看看，等會再走？」

海因澈伸出手：「車鑰匙給我吧，這裡到台中市區有一段路，我得走啦。」

狄二羅聳聳肩膀，直接走向駕駛座。

「怎麼？捨不得你的愛車呀。」

「總要先去吃個飯、洗個澡，我再回來吧？」狄二羅開了車門：「走，我送你進市區。」

海因澈苦笑，跟著上車：「那你明天可得跑兩趟，過來接我。」

狄二羅比了個OK的手勢。

以往，我總是跟著海因澈（偶爾才到阿圖師那裡），這一次嘛，海因澈不想參加鬼屋企劃，「好玩的」落在狄二羅這個「長毛」身上，喔，我可不想錯過，決定跟著狄二羅的車子回到鬼屋。

大概八點多吧，吃飽、喝足、洗過澡的狄二羅，拎了一個睡袋，踏進別墅。

睡袋？可見別墅裡頭是什麼樣子，差不多是「家徒四壁」囉。

那棟別墅院子很大，可是連一項保全裝置都沒有。狄二羅嘀咕：「現在治安這樣差，還不裝防盜設備，沒人住也不可以這樣呀，真是……」

不單是院子裡，包括方圓一公里內，才八點多就靜得出奇，又暗，附近的人有種「自掃門前雪」的氛圍。狄二羅吹著輕鬆的口哨，踏著輕盈的步伐，穿過了院子，來到門前，他拿出小鈴給的那串鑰匙，開門進去。在牆壁上摸了一陣，找不到電燈開關，他一邊抱怨，一邊踩著樓梯上二樓。

窗外透來稀微的月光，也透入一點蛙鳴蟲叫，狄二羅小心翼翼走著，擔心腳會踩空。二樓的起居室同樣空空如也，ㄇ字型的格局有三道門陳列眼前，他試試手氣，挑了左手邊（最近的）那間，房門沒有上鎖，他大大方方的打開——

唧的一聲～

展現在狄二羅眼前的是個近二十坪大的空房。

裡頭當然什麼家具也沒有，只除了，一座靈堂。

靈堂兩旁還跪著兩個老人家，一男一女。

狄二羅的表情就好像在說：這次玩的……又是哪一齣？

06 步步驚魂

漆黑的房間裡，唯一的光線來自靈堂上的白色燭光，點點閃閃，妖惑搖亂。

跪在堂下的那一對老先生和老婆婆都頭綁白布、披麻帶孝。

半夜＋獨自一個人＋鬼屋＋出奇不意的靈堂，四個要素合成這個時空，就算狄二羅是個畫鬼師，我想也會覺得恐怖吧。他愣在門邊，不知是要離開呢？還是上前打招呼？

就在這時候，有人從背後給他一棒，把他夯暈了過去。

不知過了多久，他才醒來，看他身子一抽，想要爬起，不過很快就被壓制住，低頭一看，四肢都叫人給牢牢綁住了，而且是綁在一張手術床上。他掙扎了一下，沒用，慢慢感受到後腦勺被敲打的地方隱隱作疼（我從他的表情判斷的），可能有溼溼的感覺，那是因為流血了。

房間的門打開，一個人走了進來，是個男人。男人年紀很年輕，就是臉色蒼白些，把臉湊近狄二羅，與狄二羅四目相對。

狄二羅莫名其妙：「剛剛是你打我的？」

男人端詳了一會後，露出兩排參差不齊的黑牙笑著。哦！噁心，真想問他是不是吃屍體長大的，好恐怖的牙。

更噁心的還在後面：男人竟然吻了狄二羅的嘴一下，法國式的「濕吻」喲。狄二羅當然抗拒，奈何他動彈不得，掙扎無效：「幹！@×△！你要幹嘛？你在幹嘛！」

男人沒有說話，滿臉得意的離開，笑容始終不斷。客觀的說，他笑起來比史澤爾更難看。

他走後不久，輪到那對老夫婦進來了。

狄二羅瞧他們一個手裡捧著藥品、儀器，一個手裡捧著針筒、刀具，心裡就有底了：「喂！你們要幹什麼？我、我是電視台派來的人，我不是小偷，你們、你們也是電視台的人嗎？」

狄二羅始終不曉得自己落入了什麼處境，只能猜又是電視台在搞鬼？

那對老夫婦沒有答腔，自顧自地整理器具，看情形好像是要進行手術。

老先生還摸摸狄二羅的頭說：「好媳婦，乖喲，別吵，嗯？乖。」

好媳婦？什麼意思？我想狄二羅大概跟我一樣，悶了。

接下來老婆婆脫掉狄二羅的褲子，包括內褲在內，被綁住脫不掉的地方，她就用剪刀剪開，然後，在狄二羅的私處剃毛——用電動刮鬍刀之類的。響起一陣電動刮刀聲。

狄二羅雖然看不見下半身的情況，但被人脫了褲子，又聽到那種聲響，哪能不怕？大喊：「幹！你們兩個在幹嘛？我朋友等一下就過來了喲，你們還鬧！」

那對老夫婦依舊沒有答腔。

剃毛？狄二羅該不會被他們閹了？可憐啊，身為畫鬼師，遇上的若是這種跟神鬼無關的破事，那就英雄無用武之地了。

狄二羅急到哭了：「你們到底想要幹什麼？幹！你娘哩，變態！」

老先生又開口了：「好媳婦，我們這麼做也沒辦法呀，誰叫你是男的？媳婦應該都是女的才對呀。」

「廢話！」狄二羅罵：「我本來就是男的，不是你們的媳婦！神經病呀。」

剃完毛的老婆婆走過來朝他笑：「所以，我們要把你變成女的呀。」說完，還指著牆上掛的一件新娘禮服給他看：「吶，等手術完了，你就可以穿上它，和通愉結婚了。」

通愉是誰？是剛才那個男人？靠，被我料中，他們真要閹了狄二羅，難道狄二羅這一頭的長髮惹了禍，讓這票神經病當他是女的？

狄二羅明白了情況後又驚又懼，開始大吼、大叫、大哭、大鬧，拼死掙扎：「放開我！放開我！你們這群神經病！瘋子！救命啊！幹！救命啊！」

偏偏這地方既偏僻又荒涼，房子又大，能喊給誰聽呢？

不過狄二羅也不是笨人，一面吵，一面還就近偷了一支手術刀（他的左手），握在手腕內側。

「來，上麻藥。」老先生對老婆婆吩咐。

一聽麻藥二字，狄二羅心底涼了半截，趕緊反手使勁，用刀子去割綁縛手腕的皮帶……可是，麻藥生效的速度很快，他的下半身應該漸漸失去了知覺。

老夫婦這時離開房間，去做手術前的準備。我猜。

而狄二羅也開始在做逃離的準備：他割開綁縛左手的皮帶了，左手活動空間因此變大，畏懼加速了行動，花沒多少時間，他又割開了胸前的皮帶，起身想把右手的束縛也割斷，就在將斷未斷之際——

老先生回來了：「你，想，逃？不乖哦。」老先生笑，把一管麻醉口罩朝狄二羅臉上蓋來。

狄二羅情急之下，腎上腺素激增，右手猛一用力，掙脫了將斷的皮帶，一拳揮去，碰！打得老先生人仰馬翻。沒敢稍息，他拿起手術台上一把更大的刀子，切開身上其它束縛，起身要走，趴搭！整個人跌落床下。他才想起下半身已經被麻醉，不能動了。

而老先生也站了起來，撿起麻醉口罩，再度朝狄二羅襲來！

狄二羅雙腳雖已癱瘓掉，雙手可是有力的很，搶過口罩，胡拔亂扯，將一旁的麻醉瓶拉倒，恰恰砸在老先生腳丫子上，疼得老先生哇哇大叫。逮著這機會，狄二羅連爬帶滾的逃出了房間。

房門外，還是二樓那處起居室。

他四下看了看，一邊的門是靈堂，另一邊的門則傳來老婆婆的聲音，滾下樓或爬上樓，速度都嫌太慢，乾脆回到最初遇襲的靈堂內。說時遲那時快，就在他爬進靈堂的瞬間，老婆婆恰好開門走出。

「吁～」狄二羅鬆了一口氣，差點嚇死。靠在門邊，他聽到老婆婆走進要動手術的那間房裡。

仔細觀察這地方，狄二羅想找個脫身的管道，才注意到，靈堂上的死人照片，是一個頭戴白紗的新娘子，長得還很美呢。

狄二羅嘴裡咕噥了幾句。

窗戶似乎是逃離這裡的唯一選擇。狄二羅盤算了方位，迅速爬向其中一扇，突然，靈堂外傳來那對恐怖老人的說話聲……狄二羅受制於下半身麻痺，眼看來不及攀上窗台了，乾脆先躲起來，翻身滾呀滾，滾進了靈堂的供桌底。

不一會，老夫婦果然開門進來這裡找人。

狄二羅透過供桌底下的一角偷看，看到他們四條腿在房內踱步，踱了一會，才又走了出去。他趕忙爬滾出來，拼命地向窗邊挺進，終於爬回窗下，再使盡了吃奶的力氣，單靠雙手（因為腰、腹都麻痺了）搆上窗台，接著推開窗戶，將笨重的身子挪出窗外。

暗夜的星空非常美麗，卡在窗上的狄二羅可無心欣賞，跳下不是、不跳也不是，他坐在窗沿邊猶豫了起來。

忽然，頭頂上方，三樓的窗戶「趴」的一聲打開！

「你在這啊？老婆。」是先前那個吻他的「怪牙男」探出頭來：「爸！媽！你們快來啦！新娘子在這。」

狄二羅一驚，奮不顧身地轉身往下跳：「啊——」不過，今晚他很倒楣，這一跳，沒能安全著地，一條腿竟給怪牙男搆住，吊在半空中。「怎麼可能？」狄二羅不敢置信，對方人在三樓，如何搆得到他？回頭一看，不由得倒抽一口氣。

怪牙男再次露出一嘴爛牙在笑，叫人害怕的是，他的手仿如橡皮筋般，拉得很長，長得能夠從三樓窗口伸下來，抓住他的腳。

那男人並不是鬼，而是妖怪。我都大開眼界了。

狄二羅開口大叫：「救命！救命！救命呀！」

四周的別墅少說也有七八間，然而，夜色裡還亮著燈的卻沒一家，天！景氣有這麼差嗎？現在還不到……十二點耶。

狄二羅想起手上還握著的手術刀，憤怒地用力剁下對方的怪手，刀起手斷，刷！他如願掉下去了。碰！剛剛落地，跌得他七暈八素，就發現老婆婆人在樓下。她對著狄二羅笑，手裡拿著一條毛巾，遠遠地就能聞到毛巾上濃濃的藥味，想是沾了麻藥，又要來麻醉他的吧。狄二羅一邊忍著痛，一邊爬往牆角。

「媳婦乖，乖媳婦，別亂跑了喔。」老婆婆和藹的笑，朝狄二羅緩緩靠近。

狄二羅既不想再求救，也不想再大罵，對方反正是妖怪，他四處觀探，想找活路，瞥見牆角底下有道窗戶，是通往地下室的那種氣窗，於是翻身滾過去，滑進了地下室內。

乓！碰！地下室裡更暗。狄二羅摔得頭破血流，好在下半身痲痹了，痛苦少一半。他扶著一張椅子勉強站起來。

地下室擺滿了一大堆廢棄家具和破舊雜物，爬行起來格外辛苦，狄二羅還在想辦法，而那老婆婆已蹲在氣窗外，對著他格格笑。狄二羅大概渾身都起了雞皮疙瘩。更糟糕的是，地下室的門也被打開了……

是老先生。他手裡同樣拿著一條毛巾，一步一步，走下樓梯，朝狄二羅走近。

狄二羅就要絕望了，喃喃自語說：「不，不行，妙真在台中等我，我不能死，不能讓他們給……那個了。」就這樣，他燃起鬥志，決定奮力一搏，握刀的手更緊了，等在原地，等那老先生接近，想要再襲擊對方一次。

「媳婦啊，來來來，過來公公這邊喲，媳婦乖，別再跑了喲。」老先生朝他慢慢靠近、慢慢靠近，邊走邊說話，像在抓雞似的。

狄二羅算準距離，迅雷不及掩耳，一刀子刺出！誰想對方早有防備，另外一隻手（始終擺在身後）拿出了一支球棒擋開，噹！球棒打掉了手術刀，同時也打傷了狄二羅的手。狄二羅一不做、二不休，抓住對方的手腕，把對方拉近，再撲上去，把對方手裡沾有麻藥的毛巾給扯掉。兩個人就在地上扭打，即便狄二羅下半身麻痺，但他畢竟年輕許多，很快就打昏了老先生。

此外，狄二羅還發現他的腳能動了，可能是麻藥退了些，他高興的扶著牆壁站起來，跌跌撞撞走出地下室。走到前廳，老婆婆又提前一步，在那裡恭候多時。二話不說，他上前揮出一拳，打得老婆婆唉唉亂叫，然後半走半跳，逃往門口。把門打開的時候，一隻手從後伸了過來，用毛巾捂住他的口鼻。他回頭一看，才發現是那老婆婆的手——也像橡皮筋一樣，伸長好幾公尺。教他萬萬沒有料到。

狄二羅就被毛巾上的藥給迷昏過去……

二度甦醒，狄二羅不是躺在手術台上，而是坐在一張輪椅中。當然啦，這回他被綁得更牢：用鐵鍊跟輪椅綁在一塊，身上還穿著一套發臭的新娘白紗。我是怎麼知道它臭的？因為暈過去的是狄二羅，不是我，我自然知道那套白紗是怎麼來的。嘿嘿，這裡先賣一個關子囉。

老先生、老婆婆還有那位「怪牙男」這會全都在，而且都盛裝出席：禮服、皮鞋等等，就在之前的那間靈堂裡。

怪牙男走近狄二羅笑：「沒關係，今晚先把婚禮辦好，手術的事，明天再做。」

狄二羅一邊掙扎一邊叫：「我是男的！你看不出來嗎？笨蛋！」

怪牙男手指靈堂上那張照片裡的新娘子：「我相信寶貝一定會回來的，嗯，你要勇敢，你一定可以的，可以變成一個賢妻良母。」

「你娘哩！你這個瘋子！」狄二羅氣得轉向那對老夫婦，也罵：「你們一家都是瘋子！」還想繼續飆髒話……

無奈老先生（臉上、身上的瘀青可都是狄二羅的傑作）手裡拿著一副東西走過來，那是一顆球型口罩，塞入狄二羅嘴裡，再用附屬的帶子給綁住，讓他不能再說話。生前，我在一些A片裡也看過那玩意。

堵住狄二羅的嘴後，這瘋子一家開始舉行「婚禮」，大致就是拜天地之類的儀式……儀式終了，怪牙男推著輪椅，將狄二羅推進了一個房間。

那是一間臥室，裡頭有張床，床上躺著的可不是什麼好東西，是一具屍骨，屍骨身上本來還穿著一套婚紗，那套婚紗，現在就穿在狄二羅身上。這且不說，屍骨的頭部戴了一頂假髮，臉部披著一張人皮，我想，可能是死後被剝下，加了防腐劑，所以才沒爛掉。那張人皮的五官當然都剩下空洞，看不出原來的容貌。

狄二羅見了這種場面，心底大概也死了。

怪牙男把狄二羅跟輪椅晾在這裡，轉身離開。

房間裡燈火通明，我想狄二羅大概寧願一片漆黑吧，不過，先前我說畫鬼師碰到瘋子是英雄無用武之地，這句話我願收回，因為我已經看到來救他的鬼了。那是一個很漂亮的女人（鬼），漂亮卻也狼狽，渾身上下是傷疤瘀青，衣衫不整。它從床上的屍骨穿透而出，「坐」起來，轉頭看著我、再看看狄二羅。接著，另一道鬼魂也現身了，是個男性，長得跟狄二羅有點神似，走到床邊，對女鬼說了一串耳語……抱歉，無法轉述，因為我也聽不到。

女鬼飄了起來，靠近狄二羅，伸手輕輕一撥，鐵鍊立刻鬆脫。

狄二羅沒有陰陽眼，看不見鬼，自然感到驚訝。我注意到剛才那個男鬼已經出現在狄二羅身邊，又是一串耳語了。狄二羅聽明白了，（男鬼應該是狄二羅陰陽耳的對象，好比海因澈的茵茵姐。）拔掉球型口罩，走到窗邊，打算破窗而出。但他發現窗戶是堅固的強化玻璃，或許是生氣了吧，走了回去將那輪椅與鐵鍊扛起來，掄向窗戶，乒啷！將窗戶整片砸個稀爛。

不知是該氣還是笑，玻璃是碎了，輪椅與鐵鍊卻卡在窗框上，卡得死又纏得亂七八糟，教人出不去也。

沒辦法，狄二羅只好轉往門外逃。

門外卻傳來了急促的腳步聲。

07 電梯

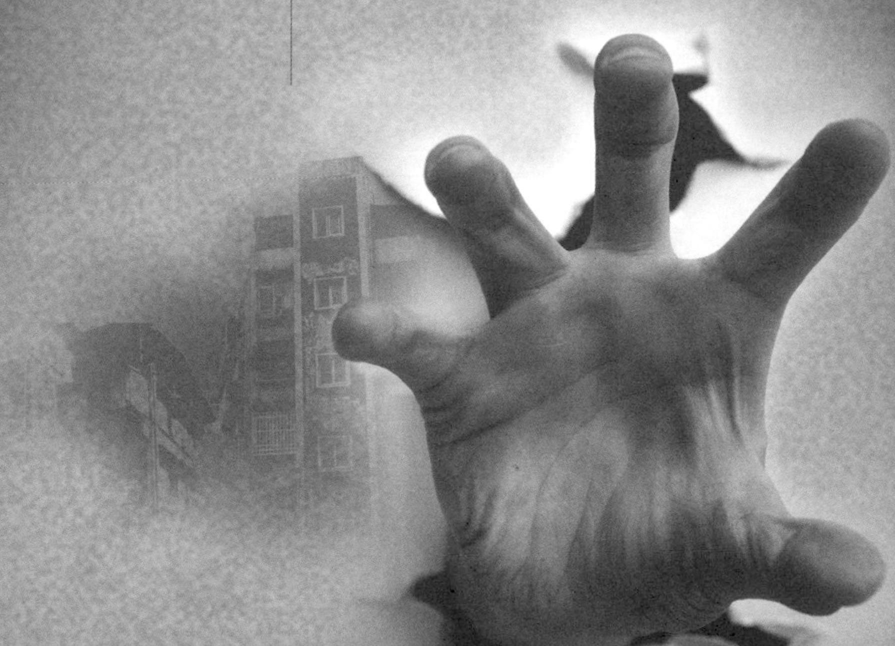

咖。房門急開，怪牙男跟他父母，那對老夫婦，衝進房裡查看。房裡除了床上的屍骨、窗框上的輪椅外，並不見狄二羅的身影。（我曉得他藏在哪，可是得再賣個關子。）

怪牙男暴跳如雷，手裡的一條鐵棍打得牆坍地陷，大吼：「把他找出來！」老先生跟老婆婆手裡又各拿一條加了麻藥的毛巾，四處搜尋，從櫃子到窗台，由床底至床頭櫃……

在他們眼裡，狄二羅彷彿憑空消失般。

這三個瘋子認為他應該逃出去了，隨即出門再去找。

一等他們離開，床上的屍骨——其實是穿婚紗的狄二羅戴上那張死人臉皮所偽裝的，趕緊爬了起來。狄二羅把原來的屍骨塞在枕頭裡，這時，也趕緊把它搬出來擺好，站在床邊鞠躬默禱，合掌道歉。

他脫下那件充滿屍臭味的婚紗，赤身露體的潛出屋外，向人報警。

半夜三、四點了，兩輛警車獲報趕至。閃著紅光的警燈有一搭、沒一搭的「喔」叫

一聲。（不像電影裡那樣飛馳電掣的嗚嗚嗚）

狄二羅裹著警方給他的毛毯，失神地坐在救護車後，供人問話。

沒多久，兩名鑑識科的人抬了一具屍體出來……

問話的刑警對他說：「跟我來一下。」

狄二羅跟著去認屍……「嗯，沒錯，就是這一具，不過，還有一張臉皮，不見了。」

鑑識科的人面面相覷：「沒有看到耶。」「該不會歹徒拿走了。」

「嘎？你們沒抓到那三個人？」狄二羅呆掉。

那名刑警搭上他的肩膀，走回救護車廂：「吶，別擔心，你到醫院檢查一下，順便做個正式的筆錄，抓人的事，就交給我們啦。」

狄二羅有點不甘心，突然想起什麼，問：「那你們有沒有發現那個靈堂？」

刑警回頭去看另一名同事。

那名同事兩手一攤：「是有些廢棄的桌椅、白布啦，靈堂？沒有。」

狄二羅酸了酸警方：「他們可都是人，不是鬼喲。」

刑警回以冷笑：「是嗎？但你剛剛也說了，你是受雇於××電視台，到這來體驗鬼屋，要做節目的，如果這裡沒有鬼，你來幹嘛？」

狄二羅被說得「塞嘴」。刑警也好不得意，回頭跟他的同事眨眨眼睛。

隔天中午，海因澈、史澤爾跟小鈴先後得到消息，趕到醫院探視……

狄二羅苦笑：「所以囉，上回我差點成了烤小鳥（桃園火災那次），這回差點成了太監，唉。」

海因澈頻頻搖頭，大概是搖給史澤爾看的：你的企劃都很危險呀。

史澤爾拿出一份筆記，沉吟說：「根據我側面的了解，那棟別墅的主人，是一個退休的外科醫生，老婆也還在，他們只有一個兒子，不幸卻是個精神病患者，成天除了吵著要結婚外，就沒別的事做。」

狄二羅打岔：「這三個應該就是昨晚整我的那三個瘋子。」

「當然啦，沒人敢嫁給他兒子。這個有『結婚癖』的精神病患，被老夫婦送進了醫院，但沒過多久就逃出來。老夫婦非常宅，成天待在屋子裡面，外人根本不曉得他們在幹嘛。」

小鈴也拿出一張照片，遞給狄二羅看：「這個人就是跟我接洽的仲介——」

「就是他！」狄二羅激動的指認：「幹！就是這個混蛋，昨天一直想『弄』我，也不管我是男的女的。」

聽得小鈴也感到害怕了：「是他？！」

海因澈說：「他們原先的目標，應該是小鈴，結果來住的卻是狄二羅這根棒槌，瘋子的邏輯畢竟跟常人不一樣，還是選擇硬幹，甚至要把狄二羅變成女的。」

小鈴更害怕了，雙手環胸。

史澤爾接著也說：「這棟鬼屋，住過的人曾經看見一個穿著婚紗的女鬼。唉，或許多年前，是被那家人擄進別墅的女孩子，慘遭折磨到死，才變成鬼。」

大家聽了這個猜測，全都脊背生涼，不由得心想：如果連狄二羅這樣一個大男人，都被那一家人整得這麼慘，那個女孩子的下場豈不更糟？況且，那一家人現在還逍遙法外呢。

今天，鬼屋依舊還矗立該處，風聲過後，誰知道怪牙男會不會再偷偷回去，偷偷的……誘騙或綁架別人進屋子，變態的加以凌虐，要人家做他的新娘子。

在巷弄的深處、別墅的地下室深處、幽暗的深處，或許，正有一個可憐無助的靈魂，在吶喊著無人聞問的哀嚎。

有時候，人比鬼還要可怕。

第七晚 第四間鬼屋：台南市

過了幾個星期太平日子，狄二羅好像就完全忘了台中那件事，沉浸在婚禮前的喜悅，跟海因澈通話時，滿嘴都是買新房、拍婚紗什麼的，打手機來催第四間鬼屋的旅行。

海因澈苦笑：「別老是想著自己快當新郎ㄋ，上次台中行，你差點成了新娘，怎麼？那個鬼企劃你還敢玩？」

「怎麼不敢？你沒聽過『娶某前，生仔後』？（台灣俚語：娶妻前，生子後，是男人走運的時機。）我不趁這時多賺一點奶粉錢，要等什麼時候？」

「好啦好啦，」海因澈也不好意思拒絕，畢竟上回若非他開小差，讓狄二羅獨自進鬼屋，狄二羅也不會那麼慘。無論如何，他得幫忙幫到底：「第四間鬼屋在哪？」

「嘿嘿，離你家不遠，就在台南。」

台南是海因澈的「地盤」，按照台灣人的習俗，狄二羅、史澤爾一票人南下，自然輪到海因澈請客了。由於這票笨笨的台北人啥也不懂，想到台南，只想到要吃擔仔麵，我想海因澈可以輕鬆逃過一劫。

說穿了，台南擔仔麵就是在地的「台式湯麵」，比起一般的「外省麵」，它更小巧（算是點心，而非正餐）、更有趣（很像是台灣肉燥飯的「湯麵版」），也更有延展性。因為，你不會只點麵來吃，一定還會點它的小菜，而小菜的樣式，便決定每一家擔仔麵店的特色所在。

許多老台南人吃的擔仔麵是位在中正路（消防隊附近）上，一家招牌不明顯的老店。說來丟臉，生前是一個外地的老饕告訴我，我才知道的，中正路我都不曉得走了幾千遍啦。

這家老店的小菜中，有一碟透抽生切片，十分清爽可口，特別適合夏天吃。

（透抽是台語，一種魷魚的名稱。）

另外，吃擔仔麵有個小小學問，就是別急著把麵條上的肉燥撥開，一旦撥開，肉燥會散溶在湯水裡，讓你感覺不到它的價值。倒不如直接和著前兩口麵，吃進嘴裡，比較實在。

吃飽喝足後，話題回到正事上……

海因澈問史澤爾：「這一次的鬼屋，是在我們台南市區的某一棟住商混合大樓啊？」

「嗯，你知道『雲層』麼？就是那一棟。」

「雲層」是棟位於鬧區的大樓，一到五樓是租給公司行號的單位，六樓以上則當住家出售，每一層樓有好幾戶，不是什麼豪宅。這幾年經濟不景氣，所以它五樓以下常在養蚊子，沒幾家公司承租。這次的鬼屋是在它的電梯裡。

「電梯？」不只海因澈，連狄二羅都吃驚了。

史澤爾說：「網路上謠傳，它的電梯『不乾淨』，我也派了一個工作人員試過，可惜沒什麼結果。」

狄二羅促狹的說：「那你要我們怎麼做？搭上它的電梯，坐它個幾百遍？」

「前兩次的企劃都差點鬧出人命，太猛了啦，所以囉，這次我找個『軟的』給你們，免得大家都不好過。坐坐電梯就能賺錢，你還嫌呀？」

海因澈問：「你的意思，第四號企劃本來不是這個？」

史澤爾擺出一副「心照不宣」的姿態，笑笑不說話。

海因澈與狄二羅也就沒追問下去。

翌日，海因澈騎上摩托車、載上狄二羅，悠悠哉哉來到「雲層」。大樓的管理員似乎不管事，理都沒理，問都沒問。他們兩個也就依照原定計畫，穿著整齊，專程搭電梯聊天了。

時間是下午五點半，他們稱之為「第一階段」，勘查地形。查完之後，兩人去附近一家小吃店飽食一頓，等到午夜十二點再來「第二階段」。

這地方就算午夜才來，大樓也不會有任何管制吧。我看恐怖的不是電梯，是這裡的管理。

電梯上上下下，人潮進進出出，鬼？看有沒有偷摸女生屁股的「色鬼」囉。

倒是這棟大樓的電梯不少，一共七部，其中還有一部是載貨用的大型電梯。至於電梯的性能、內裝與管理，老實講，平凡得讓我寫不出個毛來。真不明白史澤爾的情報哪來的？

離開時，狄二羅就說：「我覺得這次他是故意放水，要讓我們白賺這五萬塊。」吃過了晚飯後，他們找了家冰店繼續聊天，聊到沒可聊的，就相約去阿圖師他家泡茶。

泡茶部分就略過不提了。

只寫一點：關於「雲層」的電梯鬼故事，阿圖師也聽人說過，他轉述了其中一段……（以下，我用我的口吻描述。）

詠荃趕著去參加朋友祺真的喬遷之喜，地點就在雲層大樓的九樓，她輕鬆地哼著歌、吃著零嘴，伸手按下電梯……「宣美？！」電梯門開後，裡面的人是老同學宣美，也是為了祺真而來。

兩個少女一見面，馬上就像兩隻麻雀般吱吱喳喳聊不停：「喂，聽說妳也在這棟大樓上班？那以後妳們就可以常見面囉？」「少來，人家可是新婚，我才不當電燈泡。」

「祺真她老公是不是很凱呀？年紀輕輕的就買了房子，而且買在這地方，很貴ㄏ？」

「羡慕還是嫉妒？誰叫妳當初……」

兩個人這才發現電梯內還有一個外人，這個外人還是個碧髮藍眼的外國人。那老外是個中年男子，高大微胖的身材，一直低頭看著地面，瞧不清楚他長相。

到了九樓，預料中的，她倆是最先到達的客人。

祺真夫婦熱情地接待她們，新房也佈置的漂漂亮亮，點心準備的豐豐富富。

到了七點半，陸陸續續有人來，有些是詠荃她們這票手帕交，有些是祺真丈夫的朋友，場面相當熱絡。

席間，有人聊到電梯裡的見聞：「……你也看見了？」

「是啊，奇怪，怎麼會這樣？」

好奇心重的詠荃正好坐在他們旁邊，問：「你們在說什麼呀？什麼『怎麼會這樣』？」

「妳們剛剛坐電梯上來，有沒有遇到一個洋人？」

「有啊，你們也是？」

「我上來時他就在電梯裡，他們上來時，他還在電梯裡，哪有人成天待在電梯裡的啊？」

「是同一個人嗎？我上班的地方就在五樓，是間美語補習班，班上有很多外籍老師哩。」

詠荃將看到的那個老外詳加描述，外型與其他人遇見的完全相符。於是，這話題開始擴展開來，每一個人都加入了討論，而且，每一個人都在電梯裡遇見過對方。

祺真夫婦更是側耳傾聽，十分關心。畢竟這大樓是她們的新家。

他們一行人男男女女，三三兩兩來自不同的地方、不同的時間，最早的是詠荃與宣美，大概是六點上下，最晚的則在八點左右，前後相差兩個鐘頭，每個人卻都在同一座電梯內看見同一個人，以同一個姿勢出現。很難解釋得通。

好在散場時大家是一道離開的，離開時，並沒有再遇見那洋人。

事後，祺真與樓下管理員伯伯談起了電梯怪事……

管理員正色問：「那老外是不是個中年男子，身材高大微胖，一直低頭看著地下？」

「欸，對對對，就是他。」

管理員臉色大變，說：「前一陣子，有一個長得像妳描述的美國人來到這裡找朋友，那時我們的電梯正在維修，我又不會講英文，只好比手畫腳的說ＮＯ，阻止他進電梯，他無可奈何地走樓梯上去，後來聽說是到了五樓的補習班。當天下午，五樓『電梯修護』的牌子沒掛好，也不曉得那電梯的門竟然能開，老外可能是按了電梯之後，沒有留神，一腳便跨了進去——從五樓摔下來，當場摔死囉。我是換班時聽同事講的，死掉那老外的朋友也在現場，是五樓補習班的一個外國老師。」

聽完故事，狄二羅愣問：「阿就這樣？」

阿圖師點了點頭。

歷經不知多少靈異經驗的兩位畫鬼師，聽了這種稀鬆尋常的鬼故事，我想，是不會放在心裡的。

二人在九點左右離開，回到海因澈家裡休息，十一點多，才又到「雲層」，展開

「第二階段」。

整棟大樓的氣氛，與白天完全不同，人聲鼎沸變成空蕩而有迴音，光線充足變成光線不足（我想是為了省電，關了不少地方的照明吧。），好像一座死城。唯一的人是大廳的管理員。然而管理員也不再像白天時那麼鬆散，變得嚴苛了，要他們留下證件、寫下拜訪的住戶。

證件不是問題，拜訪對象嘛，是鬼，阿要怎麼寫？狄二羅只好去電史澤爾，要他透過手機來溝通解決。

史澤爾搬出電視台的名號，再加上說死說活的保證，蘑菇了一個小時，才把管理員搞定。

海因澈與狄二羅走進電梯時，都快半夜一點了。

電梯門關上，狄二羅問：「我們要按幾樓？」

海因澈苦笑：「按頂樓吧，然後再回到地下室，來回坐它個兩千遍。」

好酸的話。聽得狄二羅都笑了。

這樣搞了一陣子，別說海因澈、狄二羅覺得無聊，就連管理員都來說話啦，電梯門打開的瞬間，他雙手叉腰，站在門前，質問：「你們兩個是打算把我們的電梯坐到壞呀？」

狄二羅兩手一攤：「那不然你告訴我，上回發生靈異事件的是哪部電梯？」

管理員無奈的指著身後那排電梯，倒數過來的第二部。

狄二羅轉身對海因澈說：「兄弟，去吧。」

海因澈一愣，才曉得狄二羅是想讓他一個人去。

「這裡一共有七部電梯，我們不分開行動，怎麼坐得完？」狄二羅還表現出「大局為重」的樣子。

海因澈也不計較，走了出去，進了那部曾經故障、死人、鬧鬼的電梯裡去。

接著，兩部電梯分別闔上，二人分頭繼續這一場無聊旅行。

我自然是跟著海因澈囉。事實上，我也沒看到半個鬼影。

這樣差不多又過了半個小時……

海因澈所在的電梯突然劇烈晃動，緊接著失去電力與照明，連人帶梯就掛在半空裡，好像是在五樓。

怎麼辦？海因澈心裡大概是想先等一下吧，獨自佇立於密閉空間中。一分鐘過了，五分鐘過了，十分鐘過了……他由佇立變為坐下，從盼望變成失望，於是伸手按下了緊急按鈕，求助於管理員。

又過了幾分鐘，管理員還沒來。「該不會連緊急按鈕也壞了？」海因澈自言自語，再多按幾下、死命的多按幾下，甚至邊按邊衝著對講機喊：「喂！喂！我被困在電梯裡啦，喂！喂！電梯裡面有人哪！」

門外還是沒有任何動靜。

海因澈有點火大了，一邊叫喊，一邊猛力拍打電梯門，直到……電梯門開了。

觸目可及的卻非樓層大廳，而是半堵牆壁——電梯卡在五樓出口的下半邊，換言之，出口位於海因澈的頭頂上方，而且只有三、四十公分高，得爬上去，再鑽出去才行。海因澈嘆了口氣，想辦法攀爬起來……

08 聽聲

爬到一半，聽聞有腳步聲走近，海因澈大喊：「喂！電梯壞了，我被困在電梯裡，麻煩去向管理員通報。」突然間，一陣陰風吹上他的臉，這位畫鬼師似乎「聽」到了什麼，微微一驚，趕緊跳回原地。

電梯門開的那三、四十公分的空隙，出現了一雙腳。一雙穿著男人皮鞋與西裝褲的腳。

本來從這個角度看上去，出現一雙腳很正常，海因澈會這麼警戒，那是因為他知道了我所知道的——

來的不是人，是鬼！

透視電梯門的那邊（做鬼就有這麼一點好處），我看見一個外國人，外國人神情呆滯、雙眼迷茫，渾身上下都是血漬瘀青，半張臉凹陷下去，從他的「情況」與穿著判斷，應該就是傳言中摔進電梯井死亡的傢伙。

那雙腳聞風不動，直挺挺的站著。

黑暗中，海因澈只聽到對方傳來起伏沈重的呼吸聲。他悄悄拿出手機，撥了狄二羅的號碼：「……喂，是我啦，」音量小聲的說：「你猜我看到什麼了。」

手機那頭，傳來狄二羅氣急敗壞的聲音：「幹！這是我想問你的，你怎麼先問起我來啦。」

「什麼意思？」

「剛剛我到五樓的時候，電梯突然壞了，搖來搖去，好不容易門開了，我卻被卡在五樓出口的上半邊。」

「那你比我好，趕緊溜出來不就是了。」

「溜出來？他就擋在出口，我怎麼敢呀。」

「他？」海因澈疑惑。

「一個外國人露出半顆頭，擋在我腳下的位置啦，你應該曉得他是什麼吧。」

「你看得到？」

「你不也是一樣！」

畫鬼師通常是看不到鬼的，這回算是他們倒楣。那個「洋鬼子」的脖子肯定很長，好幾公尺吧，才能同時兩邊現身。光是想起來都讓人感覺恐怖。（或者是噁心）

海因澈正想叫狄二羅報警，才發現，眼前那雙腳已經消失不見：「我這邊他走了耶，你那邊呢？」

「哇——」手機那頭，傳來劇烈的聲響與狄二羅的驚叫，接著便斷線了。

海因澈趕緊一股作氣，用力一蹬，雙手扒住了五樓的地板邊緣，使出渾身的力氣，勉強爬上了電梯口邊，好不容易，擠出上半身，卻在這個時候，後繼無力，整個人掛在那裡喘。

五樓整條走廊上一片漆黑，空空如也，唯一的聲光在他視線不及的角落，是狄二羅的叫喊以及電梯的晃動。

海因澈想要自救兼救人，繼續加把勁往前鑽爬，猛一抬頭，卻在黑暗中對峙一雙藍色的眼睛：「啊——」把他嚇得跌回了電梯裡。電梯因此引起了劇烈震盪，久久不止，還愈來愈嚴重。他大概明白狄二羅那邊的情形了。

頃刻，晃動逐漸平息……

海因澈看看手錶，都快三點了，這時，電梯的燈光突然全亮，發電機轉動的馬達聲也重新它規律的吵雜。登～電梯自動回到一樓，然後，緩緩開啟。

他甚至沒有按下任何按鈕。

兩個畫鬼師驚魂未定的同時走出來，餘悸猶存的互相看了看。海因澈說：「他跟如茵講，請我們轉告警方、轉告他的朋友，把他的屍骨挖乾淨。」如茵就是徐如茵、茵茵姐。

狄二羅點頭：「我兄弟也這麼跟我說。」

原來那個洋鬼子死得不太甘願（這很正常啦），摔下來時，粉身碎骨，還有一部分的血肉、大腦留在電梯地下室的地板上，他希望能一併清理，好讓自己的屍體可以完整送回美國的家。這是為什麼他的鬼魂一再出現、大鬧電梯的緣故。

死者希望引人注意。

海因澈自然是送鬼送上天，幫忙陳情、張羅了。大樓的管理單位也很配合，讓這件事有了一個完美結局。

「怎麼？」隔天晚間，與史澤爾等人在居酒屋喝酒會報時，狄二羅發現對方好像聽了不太高興，「非要我們被燒死，或是出了意外，才是完美結局？這次的結果你還不滿意？」

史澤爾嘖嘖嘴說：「搞成這樣，那個鬼就會離開了，鬼一離開，『雲層』的電梯間就不再是鬼屋啦，那五間鬼屋就會少一間，電視台方面肯定不會罷休。」

海因澈舉起一杯生啤酒，敲敲史澤爾的杯子：「你不說，我們不說，電視台怎麼會曉得有沒有鬼。來，喝吧。」

史澤爾苦笑，嘆了口氣，一飲而盡。

他們團隊中的一名攝影師突然問：「海先生，你們是畫鬼師，應該也有住過鬼屋的經歷吧？」

海因澈笑笑去看狄二羅，狄二羅似乎沒有接話的意思，海因澈只好唱獨角戲：「是有啦。」

「喲，那不然你也說個來聽聽，給我們老史（史澤爾）一個參考。」

這回輪到史澤爾舉起酒，去敲海因澈的杯子了：「是啊，說嘛。」

海因澈吁了口氣，稍微回憶，然後，娓娓道來……

（以下，我用我的口吻描述。）

那是他大學聯考時的苦澀年少。當年沒有所謂的指考，大學的平均錄取率是百分之二十五，而非現在的百分之百（考七分也能上大學）。一般青年學子承受的壓力之大，可見一斑。

少年的海因澈跟其他同學一樣，面對的不是「怎麼讀書」的問題，而是「讀不下」的問題。

父母建議他搬到親戚的家裡。那位親戚出國了，需要人來看房子，房子位於山上，環境清幽，裡頭也沒有電視，適合苦讀。

於是他拎著簡單的行李去了。

距離聯考還剩下一個多月，每天除了讀書，還是讀書，就連睡覺都成了一種奢侈。至於娛樂，別鬧了，偶爾看看窗外的山、吹吹夜裡的風，便是無上的享受。誰教你生在台灣呢。

在這種情況下，人會變得特別敏感，好比飢渴的災民，任何一點點的香味，都會聯想到食物——聯考生對於再無聊的事情都會去注意。

吸引海因澈注意的是，樓上鄰居的腳步聲。

那個鄰居是什麼人，他一點也不曉得，只把對方的腳步聲當成生活的插曲，當成是消遣。尤其是午睡跟夜寐時，四周的寂靜愈加凸顯腳步聲的節奏：從這裡走到那裡，從那裡走到這裡，拖行或重重的踩，停止或起步。

久而久之，每當上床休息或睡覺的時候，他都會猜測對方的腳步聲背後代表的意義，以此自娛。

唔，這是對方在散心的凌亂腳步。嗯，這是對方在找東西的急促腳步。咦？這是對方在做運動的跳躍腳步。啊，這是對方搬動家具的拖行腳步。呵呵，這是在跑步搶接電話。嘻嘻，這是在練習跳舞的踩踏？

對方是男的女的？獨居還是同居？年老年少？胖瘦高矮？他開始好奇起來。

可是即使他起得再早、跑得再快、等得再久或聽得再注意……就是沒法抓住樓上鄰居出門的時機，看見對方的外貌。

慢慢地，他把注意力由枯燥無謂的沉重書本，轉移到樓上住戶的輕盈腳步。

他開始編織屬於對方的故事——當然，都是他自己瞎掰的。

樓上的鄰居是個美麗的女生（這樣幻想起來比較帶勁嘛），是一個神秘的女作家，成天都在家裡。為了維持曼妙的身材，她必須在房裡做些室內運動，而且她很相信風水，因此常常搬動家具。她沒有男朋友，又愛跳舞，只好自己一個人假想著舞伴，隨著音樂獨舞。

每當躺在床上，他都盯著天花板傾聽腳步聲，一步一步幻想……

考前衝刺的最後幾天，可能因為身心都疲乏了，他對樓上住戶的腳步聲更著迷了。只要腳步聲傳來，便會停下來抬頭傾聽，想像對方的情況。這種幾近病態的想像愈來愈嚴重，他發現自己還愛慕起了對方。

那一夜，樓上的腳步聲有點詭異，走了幾步就停下，接著的是窸窸窣窣。

躺在床上已經讀不下書的海因澈覺得奇怪，心底揣測：「聽這聲音……她好像是趴在地下？她趴在地下幹什麼？」於是盯著天花板盯得愈緊，也聽得愈仔細。

嘻嘻嘻。天花板隱約傳來了笑聲。

「她趴在地下笑？咦……地下有什麼東西麼？小寵物？」

啪啪啪。天花板還傳來了拍打聲。

「她在拍打地板？！」

窸窸窣窣。又是這聲音，聽來有點像是……說話聲。再仔細聽，嗯，的確是說話聲。少年海因澈的好奇心完全禁不住了，他站在床上聽，唔，還是聽不清，乾脆舖上報紙，再放上椅子，然後站上去聽……此時，他的臉距離天花板已經很近了，雙手更已撐到天花板面。

窸窸窣窣……窸窸窣窣……

大概是誠心感動了天，他愈聽愈是清楚，那聲音是在說：「……年輕人，嘿嘿嘿，你在暗戀我呀？」

海因澈一驚，抬頭一看，不知什麼時候，天花板上竟浮現出一張貼著的臉，那是一張男人的臉，正衝著他笑呢。這一來，把他嚇得跌回床上，哇哇亂叫的衝出門。

那一夜，他連行李都不整理了，帶上書本、騎上腳踏車，立刻回家。

聯考過後，經過打聽，才曉得樓上的住家根本沒人，原屋主是個中年男子，有吸毒的惡習，而且長年失業，某一年的某一天，因為吸毒過量而死亡，屍體的姿勢，就是趴在臥室的地板上，好像在看什麼似的……

「ㄜ～」史澤爾等人聽了都覺得毛骨悚然，發麻聳肩。

狄二羅早就聽過了，所以沒什麼表情，喝他的悶酒。

「這個好，這個比我們企劃的那個『電梯』還恐怖。」

「乾脆這次的企劃改這一個。」

「老史，你覺得呢？」

「應該要問海先生才對呀。」

海因澈苦笑擺了擺手：「不行啦，我那親戚已經退休了，成天都待在家裡，不可能讓你們去拍什麼鬼呀怪的。」

眾人這才失望的閉嘴。

倒是這家居酒屋的氣氛不錯，愈夜愈美麗，愈晚愈熱鬧，一行人自然也愈喝愈起勁，直到午夜才散席。

第八晚　第五間鬼屋：高雄鳳山

看電影一直是我生前最大的嗜好，海因澈讓我欣賞的一點，就是他也很喜歡電影。

當然啦，如果我想看電影，並不需要跟他去，自己去就行了。電影院裡，跟我一樣的「阿飄」可多的很。不過你們不用怕，因為在電影院裡的鬼，注意力都擺在電影上，可沒閒工夫嚇人。

這次的鬼屋企劃，目的地是在高雄鳳山，附近正好有家戲院，所以呢，我就先去看一場。

我愛電影的程度，已經到了經過戲院，聞到電影院特有的味道（像是冷煤、茶葉蛋、地板悶腐味）都能感到興奮。喜歡的片子類型也很廣，不分國籍或熱門不熱門，只要對我的味，影評說得再爛我也愛，不對我的味，得了再多獎我也「幹」。

當我最落魄的時候，身上只剩下一百塊，也寧願買票看電影（一百塊只能進二輪戲院），而不怕餓肚子。

從小到大，我看過的電影沒有一千部，也有八百部。海因濖年紀比我大得多，恐怕看過的片子數目，也比我的多得多。

離開戲院後，我在一家麥當勞找到他們（還有狄二羅、史澤爾跟小鈴），可能是戲院的光線比較暗，鳳山市區的燦爛陽光照得我格外不舒服。唉，人家是鬼嘛。我躲到了一條巷子的陰暗角落。

沒等多久，他們就出門上了車，我也跟上。

那麼，我最喜歡的片子是哪一部呢？嚴格的講，是很多部，非要講一部的話，我會選出一部英國片，由尼爾佐丹導演、史蒂芬瑞（英國演員）主演的「哭泣的遊戲」（台灣譯名是：亂世浮生，這是我第一次覺得台灣譯名比片子的本名好。）。這部電影我前後看了二十一遍，包括在首輪戲院、二輪戲院、錄影帶、DVD以及網路上。

片子的主旨是「當真愛發生時，任何東西都無法阻止，即便是政治、道德、種族或生死，甚至包括性別」。請注意最後一項。看了片子，你就明白我在講什麼了。呵，賣個關子。

車子停住了，他們到達目的地囉，那是第五間鬼屋，那是……一間學校。

「就是這間音樂教室？」一行人來到學校某棟建築的樓層角落，狄二羅問：「哇，現在的教室都蓋得這麼好？」

海因澈笑：「是啊，我們離開校園有多久了，呵呵呵，老了呀。」

史澤爾像是晚會主持人一樣地張開雙手，介紹說：「這就是大名鼎鼎的『鬧鬼的音樂教室』。」

小鈴一旁裝出很害怕的樣子（還偷笑哩），配合演出。

四人隨即進入教室裡，走走看看。今天是星期日，校方似乎沒做什麼管制。

海因澈說：「現在可以告訴我們了吧。」

告訴？告訴什麼？

史澤爾照例笑得難看的說：「嗯，是時候了。」

狄二羅一旁冷哼：「故作神秘……」

原來，史澤爾還沒告訴他們這間音樂教室鬧的是什麼鬼？哇哩勒，無聊，賣個屁關子。（我賣的關子都是不得已的，是為了顧及讀者的節奏。）

海因澈、狄二羅找了位子坐下，小鈴則出門去幫大家買涼的。

史澤爾清了清喉嚨，開口說：「這間鬼屋，正確的說法應該是『音樂教室的女鬼』，是他們學校最出名的一則恐怖傳說。」

「正確的說法，這根本不能算是鬼屋。」狄二羅一旁很小聲的打岔。

「……謠傳多年前，一名三十幾歲、還沒結婚的音樂女教師，遭到一名男老師始亂終棄，女教師沒想到，自己半生不相信愛情，有朝一日信了，竟然是這種結局。心死之餘，她還得忍受同事們嘲弄的眼光、冷冽的話語。在一個放學後的冬夜，女教師獨自留在音樂教室裡彈琴唱歌，一邊則縱火燒屋。當消防隊員據報趕到時，看見的是熊熊大火中，女老師仍坐在教室裡瘋狂彈琴、尖聲唱歌的可怕畫面。琴聲雖淹沒於火海，但歌聲卻異常高亢，彷彿是來自煉獄裡的女鬼嘶吼。想當然耳，那名女教師死得很慘，焦屍緊抱在焚毀的鋼琴上，得要用鐵鏟才能將它們分開。從此以後，『音樂教室裡的女鬼』便成了同學間流傳的鬼故事。許多學生放學後經過音樂教室時（即使舊地重建了），仍能聽到有人彈琴唱歌，教室內卻沒半個人。」

聽完故事，狄二羅當然沒有鼓掌，只問：「你打算怎麼玩，叫我們兩個人來人家的學校過夜？」

史澤爾笑笑：「不是啦，學校方面也不會准。這回，電視台方面決定來個『類戲劇』。」

「也就是玩假的？」

「欸，話別說得那麼難聽嘛，不這樣玩，很難控制安全問題，也太花時間，你們說是不是？」

海因澈問得就比較實際了：「如果是按照劇本來搞，那我們兩個要幹什麼？」

「你們呀，你們還是負責評論囉。」

「那你打算找誰來演類戲劇？」

史澤爾得意的說：「就這間學校的學生啊，他們有一個『戲劇社』社團。」

「學生？！」海因澈跟狄二羅都傻眼了。

09 致命遊戲

先來說說這場類戲劇的劇本故事吧：

哲一他們班上有個喜歡欺負人的壞學生，名叫阿郎。包括哲一在內，許多人都被阿郎打過或捉弄過。於是，以哲一為首的幾個同學決定展開報復，要給阿郎難看。

阿郎有一個弱點，他很怕鬼。

哲一跟死黨小馬、李文以及彎仔四個男生，決定裝鬼玩他。時間選在週五下課後的傍晚，等阿郎落單經過，哲一他們便下手。地點則是學校的靈異傳奇：鬧鬼的音樂教室。

嚇人的道具由李文準備（其實是電視台方面準備的），包括許多化妝粉墨及服裝。

彎仔負責跟蹤阿郎，通風報信。

小馬長得像鬼（真的，那個學生長得還真他媽的醜。），所以，女鬼這角色非他莫屬。

至於哲一，負責特效與音效。（實際執行的當然還是電視台的工作人員）

一切安排妥當，也等到週五最後一堂課結束了，班上的同學高高興興收拾書包，紛紛回家。哲一他們幾個帶妥了工具，各就定位，展開佈署。

小馬有的是充足的時間扮裝。李文為他拍上淺青色的粉底，戴上一團稀稀疏疏、半禿半掉的醜怪假髮，塗上深藍的眼圈，套上參差不齊的假牙，最後，再讓他穿上一襲水袖白衣。（請想像一下，這種偽裝也有幾分駭人呢。）

「怎麼樣？哲一。」李文得意地問。

哲一看著小馬的新模樣笑岔了氣，說不出話，不停地伸直大拇指，表示誇讚。

電視台方面份內的工作也弄得差不多了：大把的乾冰，加上教室天花板的電風扇，包準煙霧迷漫，「氣氛」絕佳。至於「鬼聲啾啾」靠得是電腦混音設備與音響。

劇本中，李文建議：「哲一，你乾脆模仿音樂教室裡的女鬼聲，不是更好？」

哲一回答：「我不會彈琴呀。」

小馬說：「那總會唱歌吧。」

「唔，要唱的跟音樂老師一樣好，我辦不到。」哲一詭笑說：「不過要唱的跟女鬼一樣難聽，呵呵，我倒沒有問題。」

老實講，他們幾個還真不把這個傳說看在眼底，根本不信邪，要不，也不敢挑在這裡嚇阿郎了。

兵馬齊備！教室外把風的是李文，躲在教室講台下的是「女鬼」小馬，當然，還有角落的哲一。他們早已打聽過，阿郎練完球後都會經過這裡。四個人都發願，今晚，要這個傢伙嚇得屁滾尿流、驚聲尖叫。

海因澈跟狄二羅坐在音樂教室的最後排，看著劇組人員教導學生們演戲，從走位、對白到表情，甚至還要求到演技……

狄二羅就說：「我以為老史會要你演那個被嚇的學生，要我演女鬼呢。」

海因澈笑：「怎麼？你技癢呀？」

「你覺得這間教室真有鬼麼？」

海因澈嘆了口氣：「經過這一連串奔波與意外，我已經不敢再斷言什麼了，事實上，鬼魂如果不想讓你我看見，咱又能怎麼樣？我問你，」他認真的看著狄，「參加這個鬼屋企劃以來，我們畫了幾張圖啦？」

狄二羅苦笑，搖了搖頭。因為一張都沒有。

海因澈兩手一攤：「SO。我只高興，這個企劃終於要結束了。」

排練完畢，時間也晚了，史澤爾請海因澈二人到高雄吃了頓好料，那是一家以德國豬腳聞名的餐廳，店名叫：冒煙的×。（抱歉，我只記得前三個字。）海因澈他們似乎都很滿意，給了很高的評價。

至於夜晚的那場重頭戲，他們會給什麼評價，那就不得而知了。

按照史澤爾的轉述，外景導播希望能一個晚上就搞定——反正要求的是類戲劇的水準，他們認為應該不難。

夜色如墨。校園裡唯一還有聲音的，便數這個角落。

九點出頭，一切就緒，好戲正式開鑼！

攝影機開始跟拍（前幾場白天的戲，說是明天補拍。），學生演員各就各位，操著憋腳的台詞，粉墨登場。

（以下的描述，我會把導播喊卡的部分、教戲的過程省略，以便閱讀。）

首先的橋段是，負責盯哨的彎仔一直沒回教室。

小馬蹲得兩腿發麻，向哲一抱怨：「彎仔這白癡該不會看丟人囉？」

哲一向窗外的李文詢問：「人哩？」

李文無奈地搖了搖頭。

就在這時刻，彎仔跑回來報訊，衝進教室大喊：「小心！目標接近！」

「噓……」哲一忙要彎仔閉嘴：「小聲點。哪，這裡躲不下了，你去窗外跟李文一塊。」

不一會，阿郎果真吹著口哨，拍著籃球，神情一派輕鬆愉悅而至。

小馬與哲一互望一眼，點了下頭。

喀！哲一偷偷運用「機關」，將音樂教室的門打開。

阿郎心血來潮，見了門開，大膽地探頭來看，一副討人厭的嘴臉。

（劇本上寫，旁白是由史澤爾撰述，以下就由我來口述吧。）阿郎他大概從沒想過自己犯下過什麼滔天大罪。那一回，下午的游泳課，當著女生們的面前，他強行脫下小馬的泳褲，還肉麻當有趣的笑。小馬很氣，跟他打了一架，非但沒討回公道，還被拋入了泳池裡。

負責裝扮演鬼的小馬，想起了過去的恥辱，此時，在他粉墨妝扮底下，似乎溢出山洪爆發般的恨意。（好廢話的旁白，到此為止。）

無論如何，他們啟動了乾冰機，一時雲霧裊繞，氣氛搞得不錯。

阿郎一步步的走進教室，左顧右盼，慢慢往講台邊靠近。

哲一隨即「嗚」呀「嗚」的鬼叫。（騙肖ㄟ，這樣能嚇到人？電視演的。）

阿郎還真嚇到了，變了臉，慢慢後退。

小馬見狀，立刻現身，堵住阿郎的退路。按照劇本，小馬會緩緩欺近，一拐一拐的走向阿郎，再搭配哲一的恐怖歌聲（負責音效的人倒是做得不錯），恐嚇阿郎。接著，小馬壓抑不住內心的仇恨，開始「脫稿演出」，亮出尖刀，衝出去撲倒阿郎。就在這個關鍵點，事情開始走樣，假的脫稿演出變成真的脫稿演出了：小馬不巧勾到了一條電線，拉倒了幾盞燈光，全場因此大亂。

即使導播喊卡，執行製作跑下場維持秩序，也不能改變悲劇的發生……

旁觀的海因澈與狄二羅面面相覷，都說：「有鬼！」「嗯，我也聽到了。」

這場沒能完成的戲，劇本原先是怎麼寫的呢？

小馬他懷著私人恩怨，失去理智，衝向了阿郎，不止想嚇唬他，還想殺他，手裡的尖刀猛刺。

會不會太誇張了呀？

吶，旁白是這麼說的：「一個十五歲的少年，當眾在心儀的人面前出醜，那可是什麼事都幹得出的。小馬被阿郎脫掉泳褲的當時，正好被他暗戀許久的女生目睹，羞憤得差點去自殺，如今他想置阿郎於死地，也就合情合理。瞞過了哲一他們，讓大家都相信他只想裝鬼嚇人，卻預先身藏尖刀，趁機攻擊。而阿郎卻像看到鬼似的，嚇得臉色發青，雙腿發軟。」

接著劇本是這樣演的——

小馬像是瘋了般胡亂揮刀，滿口咿咿啊啊鬼叫，在昏暗的乾冰、燈光下，與阿郎扭成一團，打成一片……接著是一聲慘叫，空氣為之凝結。窗外室內，哲一等人都目睹了小馬一身是血地持刀站起，而阿郎卻一身是血的倒地不起。這一場遊戲弄巧成拙，變成了命案。事後，殺人的小馬發了瘋，也被送入市立療養院。哲一等人自然是遭到校方以記過懲處。

實際的結局，卻變成了下面這樣——

那時候，小馬發狂尖叫地衝向阿郎，而阿郎亦嚇瘋了般胡亂揮拳（當然都是演出來的），在燈架倒塌、一陣混亂後，演小馬的學生反被演阿郎的嚇到，氣勢全失，那個阿郎處於異常的歇斯底里中，他雙眼泛紅、口吐白沫、全身肌肉繃緊、牙關格格作響，把小馬逼退了，阿郎一手掐住小馬的脖子……陡然間，小馬一抹冷笑乍現，低聲對阿郎說了一句話，其他人都聽不到。而阿郎聽了那句話，抓狂奪去小馬手裡的刀，往小馬的胸口猛刺，渾身是血的小馬跌跌撞撞、半哭半笑，最後趴在窗台上斷氣，與藏身窗外偷看的彎仔來個面對面！

劇組人員衝進場裡，場面一陣混亂。

彎仔僵在原地，已經嚇得失神落魄、不停發抖。

警方與校方隨後都接獲了通報，紛紛趕到……

史澤爾可以說是面如土色，焦頭爛額。這個企劃是他提出來的，也參與劇本的編寫，現在鬧出了人命，他當然得負責。畢竟他也是畫鬼人，也聽出了端倪，於是跑來找海因澈、狄二羅商議……

「你也聽見了？」海因澈問。

史澤爾點了點頭：「演女鬼的學生（小馬）衝向那個阿郎，兩個人倒下扭打時，突然間，我的『它』說有鬼出現了，更糟的是，小馬與阿郎那兩個學生也看見了，被眼前的景象嚇傻。」

「其他人呢？」

「其他人由於角度的關係看不到。從教室的那面牆邊，」史澤爾指著黑板的方位，「緩緩穿出了一道鬼魂。」

海因澈從課桌抽屜裡，取出了一張圖畫，遞了上前：「是不是這樣？」

畫中鬼魂的樣子，無巧不巧與小馬扮的女鬼非常神似，還更恐怖三分：深青的膚色，一頭稀稀疏疏、半禿半焦的長髮，只有眼白、沒有眼珠的深邃眼窩，尖牙咧嘴，穿了一身舊式的白色旗袍。

史澤爾苦笑：「我還怕說出來你們不信，沒想到，你們知道的跟我一樣。」

狄二羅看著裡裡外外的警察：「可惜呀，這些話不能跟他們講。」

海因澈問：「那女鬼出來後，又出了什麼事？」

「小馬與阿郎大概同時回想起『音樂教室裡女鬼』的傳說，於是才嚇得失去理智。那個女鬼還當場唱歌，聲音要多難聽就多難聽。我是沒聽到啦，等到發現事情不對勁了，其中一個已經殺了另一個，我才領悟出事了，可能是那女鬼上了阿郎的身，再殺死小馬的吧。」

「老史——」劇組的人在叫了。

史澤爾只好趕過去應付。警方集合了劇組的人，打算一個個詰問。

海因澈與狄二羅也不能免。

大約半夜一兩點，眾人才陸續做完筆錄，離開警局。

道別時，史澤爾握住海因澈的手，說：「現在鬧出人命啦，能不能請你幫我個忙？查清楚這件事到底怎麼回事。」

海因澈當下答應：「好，我盡力而為。」

畢竟史澤爾得趕回台北，而狄二羅住在台中，只有海因澈有地利之便。

兩天後，海因澈去永康（台南縣）找朋友，對方是一間家廟的廟公，是女的，人稱「阿卿嫂」或阿卿。

阿卿人很和藹，雖然有點年紀，卻還很瘦，加上懂得穿衣服，看來很有風韻。

她的家廟拜的神五花八門，典型的道教風格，整個大殿神龕上頭的塑像，沒有個五十尊，也有三十尊吧。從小一點的財神、三太子，到大一點的佛祖、太上老君，簡直是應有盡有。

因為海因澈是個畫鬼師，身上有鬼，所以不好在家廟跟她深談，兩人在門口打完招呼、問明事由，就轉到附近小公園的露天咖啡廳聚會。

阿卿有抽菸的習慣，在這個四處戒菸的時代，她只適合到露天的店家。

「……妳覺得呢？」海因澈描述完了前因後果與經過，落下一句。

阿卿吞雲吐霧、彈彈菸灰後，沉吟：「上身是很有可能的，但為什麼要殺人？那個學生跟它（鬼）又沒有仇恨，除非……」她雙眼一亮，「那是一個惡鬼。」

所謂惡鬼，就像一部日本電影：咒怨，片中的那些鬼。一般鬼魂殺人，殺的都是仇人、壞人，如果你平生不做虧心事，你就不怕它們。惡鬼可不同了。惡鬼殺人是不管那麼多的，碰上了算你倒楣。至於我，我連殺人都殺不了，因為我沒辦法移動實物。

「那你還願意幫忙調查麼？」海因澈問。

「你是個畫鬼師，有什麼是我做得到，而你做不到的？」

海因澈笑：「多的哩，像我就沒辦法跟神明溝通，也沒辦法讓靈魂上身。」

阿卿也笑了：「你的意思是，希望我去讓那個鬼上身，好讓你問個明白？呵呵呵，這可不行，萬一對方真是惡鬼，我就倒楣了，你也會倒楣。」

「唔，這樣呀，那有沒有比較安全的辦法？」

阿卿想了一想，說：「辦法是有，你得聽我指揮。」

「可以，只要我辦得到的。不過時間上可能有問題，這並不是我的事，萬一搞太久，我……」

阿卿笑笑：「這也不是我的事，我也不想搞太久，」又彈了一下菸灰，「吶，你先幫我查清楚鬼魂的背景、故事與死因，當初死在哪裡，要真的去查喲，別把傳說當真。然後，我再想想下一步。」

推拿工作之餘，海因澈開始了田野調查，往返於鳳山與台南間，拜訪出事的學校。不過，校方疲於應付警方的偵查與受害家長的究責，已不願也無暇再容忍海因澈的查訪，總讓海因澈碰釘子。不得已，海因澈只好轉向該校的戲劇社社團求助，尤其是當天的幾名參與者：哲一、彎仔與李文。

這當然不是他們的本名，為了讓閱讀能順利下去，我就沿用他們演戲時的稱呼囉。

哲一、彎仔與李文都表示同意。

飾演阿郎的那名學生涉及過失殺人罪，難過得要命，不答應私下再與海因澈有所接觸。

週六下午，海因澈與哲一他們三人在鳳山的某家複合式餐廳碰面……

一開始，雙方不勝唏噓一番，懷念小馬，同情阿郎。然後才在海因澈的導引之下，進入正題。好在年輕人接受古怪事物的能力很高，並不排斥海因澈關於音樂教室女鬼的背景調查。

哲一首先發言：「傳說中的女老師，是真的有那個人，我曾——」

「等一下，」海因澈把目光移向始終彎腰駝背的彎仔，問：「你最近是不是渾身的筋骨都不對勁？老是腰酸背痛？」

彎仔吃驚的點了點頭：「你怎麼知道！」

唔，通常在畫鬼師面前出現這種表情，那就表示……嗯，我也看到了。當海因澈拿出紙筆，畫下彎仔身上的異狀時，我看到彎仔的背部，慢慢現出一個女鬼，女鬼扒附在他身後，它一頭稀稀疏疏、半禿半焦的長髮，只有眼白、沒有眼珠，尖牙咧嘴，白色旗袍，正是那個「音樂教室的女老師」。

而海因澈畫的鬼卻是……一個年少的男學生。

10 惡靈空間

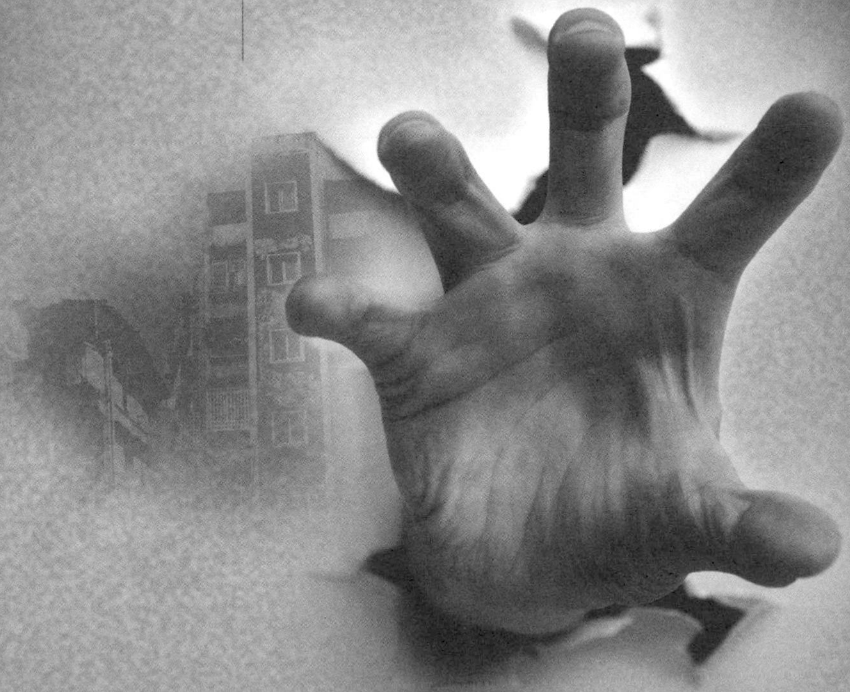

多年以前，一名長相清秀、個性內向的男生，同時也是戲劇社的成員，深受指導戲劇社的男老師所喜歡。殊不知這名男老師的喜歡並不單純，那是一種愛戀，而且是一種病態的戀童症。某晚，男老師下藥迷昏了男生，對男生加以性侵，還拍下裸照。男生從沒想過這種事會發生在自己身上，天真的認為這種事應該只會發生在女生身上啊。羞恥、憤怒、迷惑與痛苦，逼得這名男生快瘋了。可是男老師卻仍不放過，亮出裸照加以威脅，想要繼續佔有男生的青春肉體。即便男生有千百個不甘願，終究是年少無能，最後還是任由對方擺佈。

男老師不但長年累月的侵害男生，時間久了，還變本加厲，要男生陪他大玩「變裝遊戲」——也就是逼迫男生換穿各式女裝，例如女中學生、女警、OL或是女教師。

最後，男生實在受不了，發了瘋，將那名病態的男老師亂刀殺死。

行兇後，他穿戴著假髮與女裝，以一副女教師的模樣，獨自來到音樂教室，彈起鋼琴唱歌。接下來的結尾，就跟傳說中的一樣了……年代一久，人們都忘了死者其實是個男學生，而非女教師。死者生前慘遭性侵，殺死的是個變態的老師，而非「女教師殺死始亂終棄的男老師」。

彎仔吞了吞口水，緊張的問：「所以，海先生你是說，這個鬼現在正趴在我背上，才會壓得我腰酸背痛？」

海因澈將手中完成的畫推到彎仔面前。

哲一與李文也湊過來看，看得是膽戰心驚。尤其看到畫中的男生，表情充滿怨毒，那雙彷彿能射出怒火的眼，好似正瞪著自己，嚇得他們都別過臉去。

海因澈卻一直沉默，我知道，他是在傾聽，聽茵茵姐與鬼魂的溝通過程。

彎仔卻不明白：「海先生，你怎麼不說話？」

海因澈回過神來，乾咳一聲，說：「這個鬼暫時還不肯離開，我也無可奈何，不過你放心，我會想辦法幫你的。」

聽得彎仔臉色都變了，哪能放心呀？

海因澈轉問哲一：「那間出事的音樂教室，是哪一位老師負責管理的，你知道嗎？」

哲一搖了頭，看向李文。

李文說：「是周景文老師。」

海因澈說：「能不能麻煩你帶我去找周老師？我有問題想跟他請教。」

「好，星期一你來我們學校，我是三年F班的，我帶你去找他。」

露天咖啡廳的雅座邊，阿卿穿著時髦、姿態優雅的抽著菸。不說別人可能不知道，她已經五十歲了，而且還是個廟公（廟婆？）。

海因澈停好他的機車後，走了過來：「妳已經到啦，點東西沒？」

「點啦，也幫你點了一杯冰咖啡，你喝冰咖啡對吧？」

海因澈向來不重視吃喝，別說冰咖啡了，就算是冰的酸辣湯，他也照喝。

服務生很快就送上了飲料……

「我都打聽過了，」海因澈啜飲了一口咖啡，邊戳著吸管邊說：「情況十分複雜，也很棘手。」

阿卿挪挪身體坐好，洗耳恭聽。

海因澈於是詳細的講了一遍，音樂教室的「女教師」其實是受變態老師侵害的男學生……「那的確是個惡鬼，它本來困在那間教室裡，當晚不知怎麼了，被我們吵醒，跑了出來。我猜，它可能先附身在阿郎身上，接著又轉到了小馬身上，那瞬間，阿郎可能是害怕再被附身，可能是把小馬當成鬼，又可能是受不了刺激，喪失理智，才意外將小馬殺死。惡鬼只好糾纏在另一個學生（彎仔）身上，等候下一個可以被附身的對象。」

而小馬當時跟阿郎說了什麼悄悄話，包括海因澈，包括我，都不知道。或許那才是關鍵也不一定。

「那隻鬼，它想附身在人身上？」

「沒錯。」

生前我也曾被附身過。不是每個鬼都能附身在人的身上，也不是每個人都能被附身，然而，專門想附身在活人身上的惡鬼是最恐怖的——如果它做得到的話。

阿卿沉吟：「既然這樣，就得去找我師兄了，他是個乩童，天賦異稟，無論神佛仙怪都能『沾』。」

「都能『沾』是什麼意思？」

「就是都能被附身。」

「那你找他來，不是害了他麼？」

阿卿笑：「你呀，不懂就別亂講。吶，」收了笑容，嚴肅起來，「鬼附身在人身上並不容易，那隻惡鬼上次辦到了，好在時間很短，可是再讓它多練習幾次，它就能為所欲為了，到那時候，這個社會又多了一個禍害，必須趕緊收服它才行。

怎麼收服呢？就是找我師兄那種人。我師兄的體質好比一個空葫蘆，惡鬼附在他身上，進得出不得，等於是被抓住一樣。再由其他師兄弟作法，將那隻惡鬼魂魄打散，事情就解決了。」

海因澈恍然大悟：「原來你們是這麼運作的……嗯，只要安全就好。」

「你還得幫忙做幾件事。首先，作法得在那間音樂教室裡才容易，這點，要你自己想辦法。再來就是，你得注意那個被糾纏的學生，如果那隻惡鬼從他身上溜了，又找不到，那我們就白忙啦。」

海因澈點頭表示理解，說：「這兩件事都不好辦，但我會努力。」他想到了什麼，又問：「聽你剛才的意思，好像已經有很多惡鬼，跑到我們社會上啦？」

阿卿摸出一根菸，點燃了抽：「呼～～不然新聞裡那些殺父母、砍妻兒，或吸毒吸到發瘋、突然作姦犯科的人，你認為是從哪裡冒出來的。惡鬼附身在活人的身體，是不會珍惜那個活人的，反正等它找到下一個附身的活人後，它就會從這個人體內跳到另一個人體內，被附身的人死活如何，它才不在乎。」

海因澈皺起眉頭：「聽起來很可怕呢。」

「不過你也別想太多，惡鬼不一定有附身的能力，附身的也未必都是惡鬼，兩點都具備的才真的可怕。」阿卿邊說，邊看著海因澈身旁的我，真厲害，她不但能看到我，還似乎把我整個給看透了。靠！看看看，看你媽啦，還看。她對我冷哼一聲，把臉別了過去。

回家之後，海因澈把事情的進展，透過手機，分別告訴史澤爾與狄二羅。狄二羅因為忙於婚前準備，聽聽也就算了。史澤爾為了保住自己的飯碗，立刻答應相助，編了一個藉口去電校方，說什麼「電視台的攝影機有兩個零件，掉在貴校那間音樂教室裡，務必讓我們的人找一下。」校方竟然也同意了。

另外，海因澈還去電約了彎仔……

星期一一大早，海因澈跟隨學生通勤上課的時間，搭上電聯火車，到了鳳山，到了那間學校，找上三年F班的李文，再由李文，找上管理音樂教室的周景文。

周老師是個乾乾瘦瘦的中年人，戴了副厚厚的眼鏡，滿臉鬍渣。一談到那間充滿靈異傳奇又鬧出人命的音樂教室，他就不停嘆氣，說：「你相不相信這世上有鬼。」

我一旁聽了差點沒暈倒。這個驢蛋竟問一名畫鬼師信不信世上有鬼。

海因澈也不囉唆，直接回答：「我信。而且，你們那間音樂教室裡的鬼，還是個惡鬼。」

周景文愣住，兩眼睜得大大的，直盯海因澈。

海因澈隨即把小馬的死、彎仔的麻煩、惡鬼的事，一口氣全都說了……

聽得這個周老師瞠目結舌，好一陣子，說不出話來。好在他很上道，也很信這一套：「那間教室晚上是絕不可以進去的，何況還是進去拍什麼鬼片，」說到這裡，瞪了李文一眼，然後繼續：「海先生，你講的應該都對，我猜，你可能是從事宗教相關的工作吧？」海因澈沒回答，只是呼嚨帶過，「上一個管音樂教室的我那位同事，明明好好的，卻突然抓狂跳樓自殺，現在我終於明白，他有可能是被鬼附身的……嗯，原來如此。」

海因澈拍拍對方的肩膀：「那你願意幫我這個忙囉？」

周景文點了點頭。

海因澈又問：「你知不知道，當年在那間教室自焚的學生，叫什麼名字？」

「你找我，為的就是這個吧。」周景文笑笑：「是啊，我剛好知道。一再出事情，我很好奇，私下也做了點研究。」他走回辦公室，尋找資料，不一會，又走了出來，「給你。」遞上一本剪貼簿。

海因澈將它打開，裡頭，盡是那名男學生（死後的惡鬼）的新聞剪貼。原來，他叫莊醒南，殺人、自焚那年，才十八歲。至於像生日、住址等等更詳細的資料，周景文也在裡頭附上了。瀏覽完後，海因澈闔上剪貼簿說：「這本資料很有價值，能不能暫時借我，等今晚事情解決了，明天我拿來還。」

「今晚？怎麼？你們還要在晚上再去一趟？」

「嗯，已經跟你們校長、總務主任都談好了，今晚，我們要去最後一趟，把事情徹底解決。」

周景文又是一副吃驚狀，看看李文：「你該不會也要去吧？」

李文連忙搖頭搖手：「不不不，我沒有，是彎仔要去。」

周景文回頭看海因澈。

海因澈說：「彎仔被那隻惡鬼纏住了，他必須走一趟，不然會有危險。」

周景文想了一想，嘆了口氣：「你說的是真是假，我也沒辦法判斷……當作這段對話，我沒聽到好了。」接著，他轉身走進辦公室，也沒說bye。

當晚，海因澈跟彎仔已先在學校的操場碰頭。彎仔臉色蒼白，話語不多，心情顯得不是很好。我想任何人知道自己身上背著一隻惡鬼，心情都不會太好吧。海因澈拍拍他的肩膀，以示安慰。彎仔也點了頭，意思是他明白。

七點多時，阿卿推著一輛輪椅，走進校門。輪椅上坐著一名看似多重殘障的瘦弱男人。男人頭歪嘴斜、手彎腳瘸，身上穿著輕便，顯是長期臥床。二人身旁，另外跟著一名矮胖的中年男子，微禿、滿嘴鬍鬚，廉價polo衫與西裝褲，一笑起來，細細的雙眼就瞇得更細了。

「這位就是海桑，叫他澈ㄚ啦，」阿卿先向自己人介紹，海因澈也點頭致意，「這兩位都是我的師兄，伊姓林，」拍拍輪椅，「阿這是簡專。（老實講，是不是這兩個字我也不確定，就這樣叫吧。）」

那位林桑與簡專也都回了禮。

簡專雖然身殘，可是口齒相當清楚，操著優美而標準的台語，跟海因澈招呼。最後，海因澈再把彎仔介紹給他們。

阿卿上下打量了彎仔一會，笑笑點頭，對海因澈說：「嗯，好，很好。」意思是：那隻鬼還在他身上，你沒跟丟。

彎仔怯怯的，也不知這「很好」是什麼意思。

一行人隨即走向音樂教室所在的大樓。因為沒有「無障礙空間」，輪椅上不了樓，便由林桑負責抱起簡專，海因澈收拾輪椅，阿卿帶上一應用品。至於彎仔，他被眾人吩咐走在最前面。

大概是怕他臨陣脫逃吧？

夜色如墨，校園裡唯一還有聲音的，仍是這個角落。

這間音樂教室。

一進教室（門口、走廊都貼了警方的封條，他們得繞過、躲過封條才進得去。），簡專剛被放回輪椅，林桑整個人就不對勁了，他推開彎仔，指著阿卿：「臭女人！你想對我怎麼樣？嗯？想，害，我，當我不知道呀！」

海因澈與阿卿趕緊推著簡專退開，彎仔也嚇得站在教室門口，不願再往前走。

林桑的五官開始扭曲，低頭喃喃自語，然後斜眼盯著海因澈，冷笑說話：「你一直在打聽我？嗯？為什麼？」

海因澈頓了一頓，說：「莊醒南，不要再害人了，放手吧。」

「放手？」林桑（莊醒南）大笑：「當年我被人家欺負的時候，你們這些人在哪裡？不管我怎麼哀嚎、求救，都沒有人理我，任憑我被那個變態當成婊子一樣的幹。哼！現在輪到我欺負你們，你們知道怕了ㄏ？」

海因澈說：「當年害你的人，也被你殺了不是？你還想怎樣？」

林桑（莊醒南）又笑：「怎，樣？我要用你們的身體繼續活下去，想活多久，就活多久，想怎樣就怎樣！」

阿卿一旁冷哼：「你肖想！」

林桑（莊醒南）這時把臉一沉，盯著阿卿咬牙切齒，突然，他衝向阿卿，搭上了阿卿的肩膀……我才依稀想起，剛進門時，彎仔好像跟林桑的身體碰觸過。唔，我懂了，原來鬼要附在人身上，一定要透過身體的碰觸。

突然，輪到阿卿的五官扭曲了，她低頭喃喃自語，然後抬頭盯著林桑，哈哈大笑。林桑呢？他整個人好像瘋子，嘴角淌著口水，整顆頭一直打圈，呆在原地。

海因澈當然明白現在輪到阿卿被附了身。我看，他心裡早有伏筆，衝過去就是一拳，想把她打暈。無奈他雖是高明的推拿師傅，卻不是高明的拳手，被對方閃了過去。

阿卿（莊醒南）這時衝向門外，一邊跑一邊脫衣服：「來呀，來抓我呀，看我怎麼玩死她！」

就在這時候，輪椅上的簡專喊了一聲我聽不懂的話——

阿卿馬上「釘」在原處不動，接著，她像是人格分裂般，一下子撕破自己的衣服，抬腳往外跨步，一下子又抗拒移動，把腳縮了回來。臉上的表情也是一下大笑、一下生氣、一下子又沉睡。那個古怪詭異的樣子，真是不知怎麼形容才好。

林桑可不同了。他徹底「醒」了過來，急著去找阿卿，發現阿卿的怪樣，回頭問簡專：「下指示了？」

簡專點頭。

林桑趕緊衝向阿卿，搭上她的肩膀，這一瞬間，好像有一股電流從阿卿那裡竄到林桑這頭，隨即又從林桑這頭，回竄向阿卿那頭。

我得先聲明，自始至終，我都看不到那個莊醒南的鬼魂，只看到一道……怪怪的光影，有點像電影「終極戰士」裡的那個外星戰士，穿著一件隱形衣飛來飛去般。

那股電流（或怪怪的光影）來回了一陣子後，停留在林桑身上，再也沒動了。

簡專這時又喊了一聲我聽不懂的話——

輪到林桑「釘」在原處不動，四肢僵硬，頭臉則不斷的冒汗。

海因澈連忙上前把阿卿牽離開，離得遠遠的。阿卿發現自己衣衫不整，回過神後，也趕快整理服裝……

這樣僵持了幾分鐘，我看到那個鬼魂，就像海因澈之前畫的那個中學生，從林桑的身體裡「走」了出來。那鬼似乎很生氣，又無可奈何，在那個地方又蹦又跳的，發洩它的憤怒與不滿。地板、黑板、天花板，都因受到它蹦跳的力道影響，產生震動。好羨慕。同樣是鬼，我就做不到這一點，很想跟它請教，可惜我連它說話或吶喊的聲音都聽不到。（偏偏卻聽得到活人的交談，唉。）

簡專這時又喊了一聲怪腔怪調——

「釘」在原處不動的林桑吐了一口大氣，癱倒在地，但他的四肢也能動了。

相反的，輪到那個惡鬼不得動彈，兩條腿像是黏在地板上，無論它雙臂晃得多兇、嘴巴張得多開（是在鬼叫吧），硬是不能脫身。

簡專問：「林ㄟ，你沒事ㄏ？」

林桑慢慢站起身子，說：「沒事，沒事啦。」手指惡鬼所在的方向，「快！把它打回去，還等啥？」

海因澈一旁喊：「等等！它……也是受害者，真要把它打散？」

林桑不以為然的說：「你在同情鬼呀？多同情同情人吧。」

阿卿也說：「既然找我們來幫忙，就要按照我們的方法，不要來亂，嗯？它已經是鬼了，沒有死活的問題，再說，不是每個人死掉都會變成鬼呀。」

海因澈無言以對。

那個一直坐在輪椅裡的簡專實在很強，我覺得他才是這場遊戲的主角，輕鬆動動嘴皮子，就可以呼風喚雨。

那個惡鬼相當聽話，還真往黑板方向的牆壁穿了進去……隨即，消散在牆裡。

11 第六間鬼屋（上）

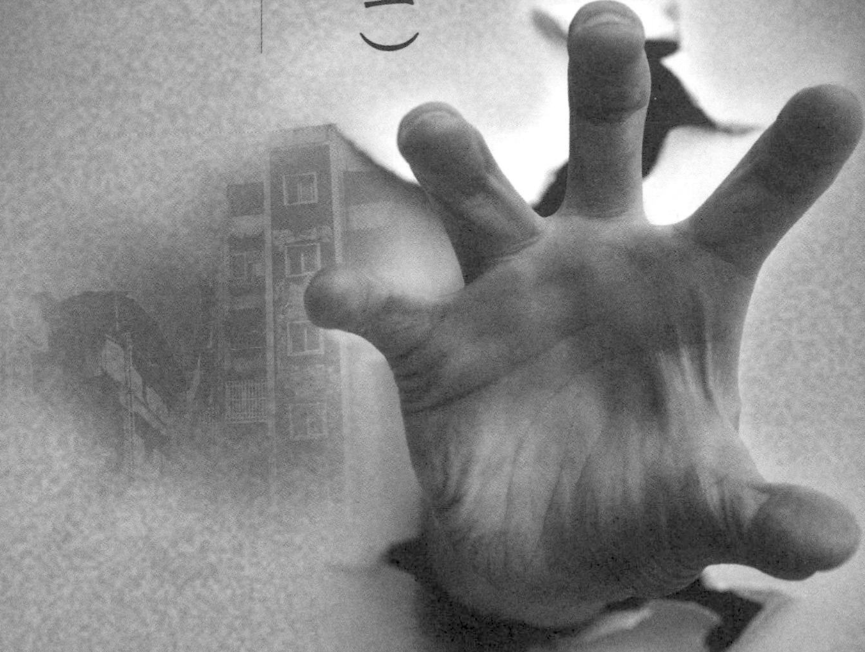

同樣一家露天咖啡廳的雅座，隔天下午，除了海因澈與阿卿外，還有林桑。

阿卿與林桑都是老菸槍，聊起天來，也是菸不離手。

「……總而言之，這次的事多虧你們幫忙，再一次，」海因澈像古代人那樣，雙手抱拳：「跟你們說聲謝謝。」

林桑擺擺手：「這也算是做功德啦，沒什麼。」

阿卿也說：「是啊，讓那個鬼跑出來做亂，對大家都不好，這是我們這種人該做的。」

海因澈想了一想，問：「簡專他……究竟是跟誰學的法術？這麼厲害。」

老實講，海因澈對法術的興趣並不大，這樣問只是想拐彎找話題，讚美簡專一下。

沒想到，阿卿跟林桑聽完，互相看了一眼，竟都哈哈大笑。

笑得海因澈滿臉問號。

林桑說：「簡專他雖然是個修行人，但是他沒學過法術，他學的是催眠術。」

這可讓海因澈好奇了：「催眠？你是說，昨晚他在鳳山用的是催眠術？真的假的？」

林桑解釋：「他先對我跟阿卿催眠，我們只要聽到他的口令，催眠就會開始。計畫很簡單，先讓那個惡鬼附身，再開始催眠行動，惡鬼就沒辦法操縱被附身的人了。當然啦，還是有風險，所以那個惡鬼跑到阿卿身上時，我又把它『請』了回來，然後把自己交給簡專，簡專先控制我的身體，再控制它。」

「控制你的身體，只能讓它不能亂來，又怎麼能控制它？難道簡專也能催眠鬼魂？」

林桑轉頭看了阿卿一眼，回頭笑笑：「沒錯。」

聽得海因瞰瞠目結舌。我也是。

「沒有形體的鬼是無法催眠的，但附在人身的鬼就可以。如果被附身的人已經先被催眠，那就更簡單了，指令一下，鬼就會跟著『中招』。」

「所以，當時那個惡鬼才會動彈不得，隨便簡專怎麼樣。」

「嗯。」林桑點了點頭。

阿卿接過去說：「簡專把它『請』回當初它出現的地方，那是最容易困住它的地方，鬼魂如果帶著催眠，被打回『原點』，那跟魂飛魄散就是同樣的意思了，再也出不來啦。」

「弄了半天，」海因澈搖頭苦笑：「這一切都不是法術，而是……科學？」

阿卿聳聳肩膀：「你要這麼說，也無所謂。」

林桑打開了話匣子：「其實很多法術都是科學，只是方法失傳了，以後的徒子徒孫就發揮想像力，胡搞亂搞，才會從科學變成怪力亂神。就拿催眠來說吧，澈丫，你說說看，催眠一般都是怎麼『用』（台語：進行）的？」

海因澈悠悠的說：「先由催眠師講一堆話，把人給催眠了，然後指示被催眠的人做動作，好像在操縱傀儡一樣。」

「是啊。那我再問你，咒語一般都是怎麼用的？」

「咒語是由法師口中唸唸有詞，然後，拜請神鬼現身做事。」

林桑笑問：「你不覺得很像嗎？」

海因澈一愣。

「你看呦，催眠師講一堆話／法師口中唸唸有詞，把人給催眠了／把信眾催眠了，指示被催眠的人動作／指示被催眠的信眾相信『神鬼降臨了』，相信神鬼將替大家做事。」

海因澈笑笑：「但那是騙人的呀。」

林桑神色嚴肅的搖搖頭：「鬼是可以催眠的，我剛已經說過了。」

「那神明呢？神明也可以催眠？讓祂來替我們辦事？」

「當然不可以。可是如果大家都被催眠，都深信神明將會替我們消災解厄，自然就能集合廣大的唸力，產生正面的能量。」林桑笑：「就算到時候災厄沒能化解，被催眠的信眾也會替神明找台階下，認為這是『一種考驗』，或是『不幸中的大幸』，再不然就是怪自己不夠虔誠。」

「是喲？」海因澈也跟著笑了。

這三個人不管是陰陽耳、陰陽眼還是特殊體質，工作生活都脫離不了鬼魂與靈異，聊起天來，也就格外投契。換做是某個理工科的學生，或是不同宗教的人，這會不吵翻了天才怪，哪裡還會「茶」逢知己千杯少？

他們就這樣一直聊著、聊著，不知時間幾何。

鬼屋企劃無論是在網路上或收視上，都激起不少迴響。小馬的意外身亡，雖然引起輿論非議，卻更讓大眾好奇，結果，連帶的使其他鬼屋爆紅，討論或收視的數字不停飆升，電視台的主管們樂得合不攏嘴……

海因澈的家，這天，他坐在客廳裡的書桌後面，推拿床前三張椅子上，坐了三位男女。一個是不修邊幅的史澤爾，還是頂著那頭油膩膩的頭髮，一個是小鈴，還是穿著緊身牛仔褲（今天這件似乎比較好看），最後一個，就是狄二羅啦。他剪掉長髮——但還是很長，可以遮住雙耳，穿著襯衫休閒褲，不再是從前古裝的怪模樣。

海因澈指著桌上那張喜帖：「二羅的婚禮我是一定到，紅包也不會少，至於你們提的第六間鬼屋，很抱歉，我是真的沒興趣。」

史澤爾照例陪著難看的笑臉，轉頭去看狄二羅，向狄求援。

上回的企劃出了人命，他以為自己飯碗不保，沒想到台灣社會還挺變態的，出了人命，收視率反而爆高，那間音樂教室更成了鳳山的「景點」。所以，史澤爾不但沒失業，還成了企劃部副理，儘管受害者的家屬正跟他們在打官司。

電視台高層給了史澤爾一道命令：打鐵趁熱！鬼屋企劃要進行下去。

換句話說，海因澈與狄二羅這兩個「人氣」畫鬼師，也必須再玩下去，不用多說，價碼肯定提高了，從五萬元提高為十萬元。

急著賺奶粉錢的狄二羅一口答應，還希望能做到一百間鬼屋哩。

海因澈可就不依了，任憑人家好說歹說，他只說：「狄二羅一個人不行麼？前幾個案子都有他的參與，他的人氣也比我紅，為什麼非要我摻一腳？」

狄二羅說了：「觀眾現在已經習慣這個像『真人實境秀』的節目了，如果少了你，或少了我，他們都會不適應的。」他開始有點不耐煩：「你能不能告訴我，為什麼你那麼排斥呀？」

海因澈兩手交在胸前：「不是排不排斥，而是沒興趣，喂，當初你跟我說好就這五次，現在卻又搞得這麼大。」反問狄二羅：「你就不能找別人？」

狄二羅歪了歪嘴：「電視台就說，觀眾習慣我們兩個了呀。」

僵持了一陣子後，小鈴也開口：「不然這樣吧，這一次，還是請海先生幫忙，活動中我們再加一個新人，以後我們讓狄先生跟那個新人搭配，海先生就可以退出啦。」

客廳裡靜默了一會，史澤爾率先打破沉默：「是啊，那個新人，你們兩個也能推薦嘛。」

狄二羅看著海因澈問：「你覺得呢？」

海因澈沉吟：「好啦，如果是最後一次，那我就……那個了。」所謂的那個應該就是答應了。

小鈴站了起來：「太棒了！我去買涼的。」問明了大家想喝的飲料，她就像辛勤的小蜜蜂般快步出門。

史澤爾眼看情勢大好，趁勢出擊，取出一個資料夾，攤開夾子內的照片與影印說明，一一擺在海因澈的桌上：「為了給你方便，這第六間鬼屋也是從台南選出來的，在安南區。」

海因澈低聲咕噥：「給我方便？講得我很難相處一樣……」

狄二羅應該聽到了，他也嘀咕：「本來就是。」

「咳，」史澤爾招了招手，要狄二羅坐近一些來看：「吶，就是這間。」

照片裡的房子是一棟巷子裡的老舊公寓，仰角拍攝，所以看不清到底幾層，不過那條巷子人來車往的，並非冷清地點。

史澤爾解釋：「……是啦，這裡的生活機能還不錯，你們不必擔心。」

狄二羅笑：「我擔心的不是生活機能，是你怎麼選中它的。」

「製作單位徵求鬼屋的訊息發布後，很多網友跟觀眾都來信推薦，我們再派人去查證，查證結果，真正有『料』的只有這間。」

「那個查證的人呢？他沒被砍、被燒、被鬼附身吧？」海因澈問。

狄二羅當然明白海因澈的意思：「是呀，老史，那個人呢？」

史澤爾又尷尬的笑起來了，支支吾吾又吾吾支支的，好似嘴裡含著顆滷蛋在說話：「他……昨天跟……同事打了一架，被fire了。」

狄二羅湊近史澤爾的臉，再問：「你確定嗎？不是自己辭職的？」

史澤爾苦笑：「有一點我敢保證，他去住了幾晚，沒被砍、被燒、被鬼附身，還是答應回到公司上班。我也承認，他確實被嚇壞了。你們兩位……該不會也害怕啦？」

狄二羅坐了回去：「又來這招，每次都用激將法，不是跟你說過沒用嗎。」

海因澈懶得再問，曉得史澤爾是個愛賣關子的人，靜靜的翻看資料……「什麼時候去？」

「後天，星期六，你應該有空吧？這個企劃一共三個晚上。」

海因澈搖頭說：「真不巧，前一陣子幫你的忙，鳳山、台南兩頭跑，把很多老客人的約診都延到星期六、日，」看向狄二羅，「弄了半天，你還是得一個人去。」

狄二羅看向史澤爾：「不能延期？」

史澤爾兩手一攤：「電視台方面很趕耶，不能喲。」

狄二羅沉吟：「不然這樣，我先去住兩晚，星期一海因澈再來。」問：「澈丫，星期一晚上，你有空吧？」

海因澈點了點頭。

史澤爾面有難色：「這樣啊，那不然你們找一個以後能替代海因澈的人，前兩晚先跟狄二羅搭配，好不好？」

小鈴正拎著四杯冷飲回來，聽到他們的話：「海先生，之前你提過的那位阿卿嫂，她好像很厲害，也住台南，請她來代替你評論，你覺得如何？」

海因澈想了一想，說：「她是絕對夠資格啦，但她是女的，這又是鬼屋企劃，到時要跟狄二羅住在一起，恐怕不方便。我覺得她的師兄林桑也許更好。」

狄二羅、史澤爾他們都聽說了「音樂教室」那案子是怎麼解決的，對於林桑、簡專的事蹟不陌生，自然覺得這提議不錯。「那就有勞你幫我們引薦了。」「是啊，我也想會會這個厲害人物。」

第九晚 第六間鬼屋：台南

那間位於台南安南區的公寓，所謂的第六間鬼屋，在一條小巷子裡，小巷子是條「破爛街」，又窄又陰，路面又坑坑疤疤。公寓是一棟分隔成許多出租套房的舊大樓，樓高一共四層，上面三層出租，第一層則由房東自己住。很像第一間鬼屋的風格。

電視台方面跟房東簽了一個月的短期租約，還剩一星期到期，前半個月都是那位負責查證的員工在住，住了差不多十天，他就嚇得離開了（史澤爾說的）。至於是被什麼嚇到，史澤爾始終沒講清楚。

而我，當然跟著狄二羅、林桑一起「搬」了進來。

林桑還是那樣子：矮胖、微禿、滿嘴鬍鬚，廉價polo衫與西裝褲，笑起來那雙小眼就瞇得更細。他對鬼屋企劃之所以感興趣，很簡單，第一，高薪（人家可不像海因澈），第二，這本來就是他的工作：驅鬼鎮邪。

房間在二樓、第三間，門上貼了個「二〇三」的壓克力板。鄰居私底下都叫他們兩個「二〇三」。

房東是個歐巴桑，住戶則管她叫「房東太太」。廢話。

這裡的住戶都說房東太太長什麼樣子沒人看過，你們一定不相信，事實上，的確沒人「見」過她。

一樓的客廳正對著大樓前院門口，照理說，進出時總該跟她錯身而過吧，欸，偏不，因為她很少出門，一旦進出，也總是戴著安全帽、墨鏡、口罩（她是機車族）。好吧，說她怕曬，也就罷了，但狄二羅當天跟她接洽入住事宜時，可是在客廳裡，那是室內，她卻也毛巾罩臉，好怪。

「三一二」住了一位半工半讀的學生，有一回中午，下樓去交拖欠的房租，結果房東太太硬是躲在客廳的屏風後面跟他講話，當他稍微側過臉去，想要看看房東太太的廬山真面目時，立即遭到責罵。如今聊起這件事，他還有氣：「什麼嘛，說我不懂禮貌？她自己哩，藏頭縮尾的，見不得人，哼！」

「別這樣講嘛，搞不好人家顏面受過傷什麼的。」一邊搬家，一邊跟著聊天的狄二羅這麼說。

根據「三一二」的說法，鄰居們也有類似經驗，沒人見過房東太太的臉。

才搬來第一天，就聽到這種怪事，狄二羅不免心生好奇，好奇又會產生聯想。當天夜晚，公寓裡不知何處傳來陣陣狂笑，是種令人寒毛倒豎的笑聲，於是，聯想便開始催化：這個房東太太是鬼？

套房裡，狄二羅與林桑打著地鋪，並肩睡覺。聽了狄二羅的疑問，林桑笑說：「早上來的時候，我沒『看見』這裡有鬼，他們說這是鬼屋，大概是亂傳的吧。安心睡覺啦。」

是啊，我也沒看見，只是覺得這棟公寓透著某種古怪……

第十晚　第六間鬼屋：台南

隔天早上，房東太太客廳的大門竟破天荒大開。

狄二羅吃完早餐回來時，見到她坐在客廳看電視的背影，心血來潮，故意高喊：

「房東太太，妳好！」希望她轉過頭來。

但她並不。

狄二羅索性撿起地上一顆破掉的籃球，輕輕拋進她家的客廳，瞄準的是她的背心。這回她總該回頭轉身了吧。誰曉得她好像後腦勺長了眼睛，在球還沒撞到身體前，就先一步離開座位，剛剛好，那顆球砸了個空，碰到客廳牆上。

房東太太躲進屏風，從屏風後面高聲喊叫：「誰？幹什麼！〇〇××……」

狄二羅吐吐舌頭，趕緊開溜。

當晚，狄二羅與林桑聊了開來，談了許多靈異、附身與鬼魂的「專業話題」，星期天嘛，兩人很晚才入睡。

睡了不知多久，窗外傳來窸窸窣窣聲，我看到了，但他們沒有……狄二羅被吵醒後，抬頭望向窗外，然後雙眼圓睜，我想，他大概渾身上下起滿雞皮疙瘩吧。

房間的窗戶正攀著一個人！

那個人呈「大」字型趴著，像一隻壁虎，流利地在一點五公尺平方的窗架中打了個圈，頭下腳上，比起漫畫裡的「蜘蛛人」不遑多讓。

12 第六間鬼屋（下）

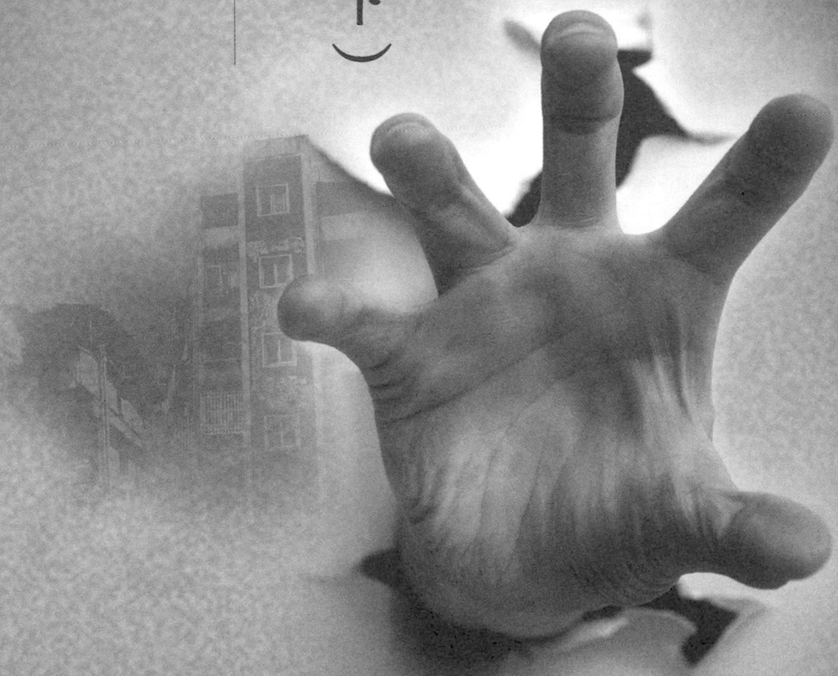

「什麼？兩個人都不見啦！」

手機裡，史澤爾一個頭兩個大的跟海因澈說，聽得海因澈都喊出聲來。昨晚，狄二羅跟林桑在房間裡憑空消失了，留下睡過的寢具、打開的行李與藏妥的皮夾子，桌上的手機也都在，卻怎麼都聯繫不到。

海因澈問：「那棟公寓沒有閉路電視？」

「有我們架好的攝影機，但沒拍到什麼，喔，對了，窗戶上好像有人，然後鏡頭的連線被扯斷，半夜工作人員趕去修理時，就發現他們兩個消失了。」

海因澈苦笑：「還真是一間鬼屋，見鬼啦。」

史澤爾焦急的說：「海先生，你要不要早上就去看看，我擔心今晚結束時，節目會開天窗。」

「你應該多擔心他們的安危吧。」海因澈嘆了口氣，嘀咕說：「每次都玩得這麼險……」沉吟：「我等一下就過去，住到明天早上再走。」

「二〇三」的房門是開著的，一名電視台的工作人員站在門外枯候。

海因澈趕到後問：「人還是沒找到？」

那名工作人員對這沒頭沒腦的發問也真能體會：「沒有。」

「你怎麼不進去等？站在外面？」

對方露出一副恐懼、嫌惡的表情：「誰敢進去呀。」把房間鑰匙扔給海因澈，「交給你囉。」隨即一溜煙的下樓去。

海因澈摸摸鼻子，無奈的走進屋裡。

關於狄二羅與林桑是怎麼消失的，我當然看到了，還是那句老話：先賣關子，讓故事自然揭曉。

查不出個所以然的海因澈，最後也只能窩在這棟公寓，走走看看……

到了晚上，擔心會出現異狀，他不敢睡，猛灌咖啡。

收音機裡傳來報時：凌晨一點了。

窗外傳來窸窸窣窣聲，窗上，突然又出現那個「人」：呈大字型趴著，像隻壁虎，盯著海因澈看。

海因澈瞠目結舌，關掉收音機，與對方互看一會。

那是一個渾身長滿小肉疣，噁心巴啦的一個老頭子，身上穿著白背心與四角內褲。

怪老頭咧開大嘴，笑呵呵的問：「讓我進去好不好？少年ㄟ，你長得很好看ㄋ，讓我進去好不好？嗯？嗯？」邊問邊笑，邊笑邊抖，渾身上下的小肉疣也跟著顫動起來。

海因澈不知該說什麼，乾脆不說，只是看著對方。

怪老頭頭下腳上，流利地在窗架中打了個圈，然後又衝著海因澈笑：「讓我進去好不好？少年ㄟ，讓我進去嘛？嗯？我很寂寞ㄋ。」

海因澈問：「你是誰？」

怪老頭噁心的笑說：「你的皮膚好好喲，好嫩喲，分一點給我嘛，嗯？嗯？」

海因澈又使出畫鬼師側耳傾聽的「標準動作」，無奈卻聽不出個所以然。

怪老頭這時開始搖晃紗窗，邊搖邊喊：「讓我進去！讓我進去！」紗窗都快搖壞了。

「你要進來幹嘛？」

「嘿嘿，我要進去跟你換——皮。」怪老頭指著海因澈笑。

海因澈看著對方渾身遍佈的小肉疣，一陣噁心，趕緊上前把窗戶（鋁窗）關闔上。

沒想到不關還好，這一關，怪老頭竟發飆了，他的嘴張得好大好大，貼在鋁窗玻璃上，那張嘴足足有一個碗公那麼大，我看，他不是鬼，是妖怪。恐怖的是，他的嘴裡，傳來了狄二羅跟林桑的呼救聲：

「澈ㄚ，我在這裡，快救我！」「海因澈，我們在裡面，我們在裡面！」

海因澈不禁好奇，走了上前看仔細……妖怪的大嘴深處確實傳來狄、林二人的嗓音。他把鋁窗打開，然後又退一步：「你不是鬼，你是什麼？！」

這麼問也未免太蠢了。

怪老頭笑了，滿嘴都是口水，滴滴落下：「讓我進去就告訴你。」

海因澈大概看出了關鍵——這妖怪雖然厲害，可是不知為什麼，只要不答應放它進來，它就不能進來，既然如此，海因澈雙眼骨碌碌打轉（在想什麼主意），說：「你告訴我他們兩個在哪裡，我就放你進來。」

怪老頭突然高興了，手舞足蹈：「不是兩個是三個，不是兩個是三個。」

「三個？」海因澈非常納悶，可是他十分聰明，很快就猜到我都猜不到的東西：「另一個是電視台的員工，對不對？」

怪老頭一愣，並不承認，繼續手舞足蹈：「另一個是電視台的員工，對不對？另一個是電視台的員工，對不對？」像個小孩似的重複人家的話。

媽的，原來史澤爾說謊，那個員工不是離職，而是失蹤。

我看海因澈雙眼突然一亮，想到了什麼，陪笑說：「你再把嘴巴張開一下，讓我看看，看看有沒有三個人，如果有，我就讓你進來。」

怪老頭扭捏作態說：「不要、不要、才不要。」

海因澈也跟著作態說：「那就算了，剛剛我明明看到兩個人，你卻騙我是三個人。」

激將法果然奏效，怪老頭愣在窗邊，不很服氣，於是又把嘴張得好大好大，這回，足足有一個臉盆那麼大……隨後，裡頭也的確傳出三個聲音：

「澈ㄚ，澈ㄚ！你在外面嗎？」「救命呀！救命呀！」「在房東家的井裡——」

怪老頭突然把嘴縮回、閉住，但就在縮回閉住前，海因澈已搶先一步，隨手拿起一團電視台攝影器材的細電纜，扔入它的嘴裡……當它閉嘴時，電纜線仍有一大截露在外面，線頭則被海因澈握住。

「ㄜ丶」怪老頭吃了一驚。

海因澈不敢將電纜線往內拉，只好上下加以震動。怪老頭大概覺得肚子痛，抱著肚子，奮力往下爬。海因澈握不住電纜線頭，趕去窗邊查看，發現它往一樓房東太太的屋子裡鑽，於是衝出房外，追往樓下。

房東太太家的客廳門並沒關。

海因澈當然也不知道房東太太的故事，他覺得像是看到什麼，似乎有人影閃過，於是走到客廳門口問：「有人在嗎？房東太太，房東太太！」

客廳內空空如也，沒人回應，電燈還都亮著呢。

海因澈急於解救狄二羅與林桑，偏偏這種事又不能報警，只好走進客廳……「有人在嗎？房東太太，房東太太！」

走著、喊著，空無一人，來到廚房時，才發現餐桌底下露出一雙腳，是女人的腳。咦？不僅海因澈覺得奇怪，我也是，房東太太是不是給那個怪老頭殺了？他趕緊蹲下去探望：「房東太太、房東太太，怎麼啦？」

託海因澈的福，這是我第一次靠她靠得這麼近，長久以來，她謎一般的長相就要被揭曉了，我是一點期待都沒有啦，我是鬼，她長什麼樣干我屁事。話又說回來，即使是倒地，她倒的位置也都令人無法一窺面貌，整張臉都藏在桌影內。

刷！她身體一陣突兀的抽動。

「要不要幫你叫救護車？」海因澈問。

剎那間，房東太太已經坐了起來，頭臉距離海因澈半尺不到，那是張留著稀疏的短髮、蒼白的臉頰、吊額的白眼、鷹勾鼻，外加一嘴參差不齊爛牙的醜臉。

真是相見不如不見。

更糟的是，她忽然驚聲尖叫，手裡一把刀子刺進海因澈左肩！

海因澈痛得大叫，連滾帶爬避開，鮮血直流：「妳為什麼要這樣？我又不是壞人，唉呀。」

房東太太似乎喪失了理智，作勢又要撲來。

海因澈好男不跟女鬥，趕緊爬起，逃往客廳。

「呀呀呀呀呀——」她發出一種尖銳、高亢的詭異喊聲，持刀尾追。

兩人三步跑到客廳，一陣風吹，剛好將客廳的鐵門吹闔上。海因澈只好一個急轉彎，跑向離他最近的房間，一進房裡，立即關門反鎖。

「啊呀呀呀呀——」房東太太不死心，仍在房外撞門、尖叫。

砰砰撞門聲響下，海因澈一邊喘息，一邊查看傷口，肩膀上一道深可見骨的刀痕，怵目驚心。環顧房內，想找個能止血的東西，才又怵目驚心一次：

房間的正中央有一口井，而且，整個房間什麼都沒有，有的是……從天花板到牆壁，從牆壁到地板，滿滿滿滿的「小肉疣」。類似剛上油漆沒乾，滴落或滑落乾掉時的景象，只是更誇張、更徹底。

井口處掛著一條電纜線，海因澈應該想起了林桑呼救時的話：「在房東家的井裡！」見多識廣的他，不再懷疑，衝上前去拉住電纜線，往井裡頭探：「狄二羅！林桑！」果不其然，井深之中，擠了他們三人，看得海因澈瞠目結舌，「你們都在裡面？怎麼回事？」

狄二羅沒好口氣，拉住電纜線說：「先把我們拉上去吧！」

撞門聲仍然砰砰作響，海因澈一邊使勁去拉狄二羅，一邊回頭警戒，驚見房門已被撞破了一個窟窿，面目可憎的房東太太正用手中那把刀瘋狂剁門，剁得自己雙手是血，煞是恐怖。

而狄二羅也爬到井口邊了。

碰！房東太太同時破門而入，她二話不說，拿起刀子就往海因澈撲砍，正在救人的海因澈根本無處閃躲，只得拉著電纜線繞著井邊跑。

狄二羅雙手攀住井口，大喊：「我出來啦！你別管我，快逃！」

海因澈才敢放開電纜線。

房東太太停下腳步，轉頭來瞪狄二羅，手持尖刀，咬牙切齒。

狄二羅爬出井外、跳下井邊，憤怒的說：「原來你長這模樣，幹！難怪你不讓人看。」

「啊呀呀呀呀呀——」房東太太又發出尖銳、高亢的詭異喊聲，轉向狄二羅追砍。

狄二羅可不是什麼斯文人，抽出腰際的皮帶，當作武器，刷！一把就把對方手裡的尖刀打落，刷！再把對方的臉鞭出一條紅腫的痕，然後一腳踹出，踢翻對方。哇～下手真是重。

房東太太倒在地上哼哼吱吱，爬不起來了。

了，站在他面前。

「哼。」狄二羅轉過身，想回井邊救人，沒想才剛剛轉身，卻看見怪老頭又出現

那口井反倒消失不見。

怪老頭咧開大嘴，笑呵呵的問：「回來我嘴裡，好不好？少年ㄟ，你長得很好看ㄋ，讓我吃一口嘛，好不好？嗯？嗯？」邊問邊笑，邊笑邊抖，渾身上下的小肉疣跟著顫動。

「去你媽的！」狄二羅將手裡的皮帶鞭打過去——

窣～竟被怪老頭張開大嘴，一口將皮帶吸了進去，連帶的將狄二羅半隻手也吸住。

狄二羅在恐懼中奮力掙扎，眼看就快被吸入啦，緊要關頭，海因澈從後頭折返，手裡還拎著一把板凳，朝怪老頭的後腦重擊而下。我想，海因澈應該篤定對方不是人類，才敢這麼做吧，換做是人，這可會出人命的。

怪老頭被打了這一下，當即「嘔」的一聲，吐出了狄二羅。

海因澈見狀，乾脆再多打幾下，碰碰碰碰碰……

那怪老頭像是被打散了，潑嘶——化成了一灘稠稠的膿落地。隨即，地面陷落出了

一個大坑洞，洞並不深，明顯看到裡頭有兩個人躺著，其中一個正是林桑。

海因澈趕緊過去攙起林桑，走出坑洞：「有沒有怎麼樣？」

林桑驚魂甫定的搖了搖頭。

海因澈再去扶起另一人，那是一個小夥子，身上看來已經多處灼傷：「你是不是××電視台的員工？」

年輕人恍恍惚惚的點了下頭。

狄二羅這時走了來：「媽的，要賺史澤爾的錢也太難了。」

正當他們幾個相互扶持之際，一陣咕嚕咕嚕的聲響在附近傳來。房東太太好像在捏泥巴似的，將地面那團摻著黃紅白各種顏色的膿（鼻涕一般）聚合起來，重新成為一個人形，速度快的很。然後，她也很「大方」，一點不理會其他人就在旁邊看著，牽起了那人形怪物，走出房門。

海因澈等人面面相覷，無言以對。

臨出門前，那個人形怪物還回過頭來——已經變回怪老頭的樣子了，朝著海因澈等人扮鬼臉。

狄二羅問：「你想我們該不該報警？」

海因澈捂著左臂傷口說：「這種局面，去醫院急救比較實在。」

一夜驚魂。隔天，他們都是在醫院起床的。當然啦，得回到公寓取回各自的東西。順便，去房東太太的家裡瞧瞧。

誰曉得回到破爛街，放眼所及，盡是消防車、救火員與圍觀群眾。

公寓整棟已燒成了焦黑廢墟，滿地都是積水，而街頭巷議仍未停歇。他們才知道，半夜這裡起了大火，延燒全棟公寓。

「有沒有傷亡？」

「還好，大家都逃出來了。」

「房東太太呢？」經過房東太太的住處時，海因澈停下腳步，轉問圍觀的人：「房東太太她沒事吧？」

「不曉得耶，她們住在一樓，要逃出來很容易，應該沒事。」

海因澈看見一樓火場深處有幾名像似刑警的人在勘驗，有個刑警大喊：「喂，這裡有個洞哩，挖得好深喲。」透過斷垣殘壁，見他們圍在一個洞口邊，或蹲或站，四下研究。

狄二羅來問：「你覺得那個洞是怎麼回事？」

海因澈苦笑：「從頭到尾，這都不是靈異事件，也沒有鬼，你問我怎麼回事？我問誰呀。」

狄二羅沉吟說：「這場火災，應該是那個所謂的房東太太搞的，她是想湮滅證據。」

林桑東張西望封鎖區，大概想衝上樓拿回他的手機跟私人物品。

然後，史澤爾來了。

「怎、怎麼搞的？攝影機呢？」他不敢置信，氣急敗壞，衝著電視台的工作人員質問：「帶子今天就要送台北了耶，『都沒了』？！」

工作人員兩手一攤：「阿就火災了呀，什麼都燒了，能怎麼辦？」

史澤爾猛抓頭髮，跺腳嘆氣。

海因澈他們一旁冷冷的瞪著，臉色都不好看。

史澤爾走過來盯著海因澈手臂傷口的包紮，問：「怎麼搞成這樣？」

海因澈反問：「之前你不是說，派了一個員工來這裡試住？結果他平安回去，已離職了？」

「怎麼？」

「我們昨晚找到了他。」狄二羅悻悻然說：「你這渾蛋，根本不管別人死活，明明出過事，卻不告訴我們。」

史澤爾滿臉尷尬：「這個……我……那個……」

海因澈他們也懶得跟史澤爾廢話，三個人掉頭就走。

史澤爾追了上來：「喂！那節目怎麼辦？」

狄二羅回頭：「你問我們？攝影機跟帶子都燒了，關我們鳥事？」

史澤爾搔了搔頭：「至少、至少你們可以幫忙解說，改成一個談話性節目呀。」

狄二羅冷哼：「先讓我回家洗個澡吧。」

海因澈則扔了一張名片在地下。

史澤爾撿了起來：「這是幹嘛？」

「是那位員工住的醫院，他的皮膚被腐蝕性液體灼傷了，去付醫藥費。」海因澈頭也不回的走人。

（完）

國家圖書館出版品預行編目資料

畫鬼師—六間鬼屋／余爲魄著.
－－第一版－－臺北市：宇河文化 出版；
紅螞蟻圖書發行，2011.4
面　　公分－－(異空間；3)
ISBN 978-957-659-843-2（平裝）

857.7　　100005485

異空間 03

畫鬼師—六間鬼屋

作　　者／余為魄
美術構成／Chris' office
校　　對／楊安妮、余為魄
發 行 人／賴秀珍
榮譽總監／張錦基
總 編 輯／何南輝
出　　版／宇河文化出版有限公司
發　　行／紅螞蟻圖書有限公司
地　　址／台北市內湖區舊宗路二段121巷28號4F
網　　站／www.e-redant.com
郵撥帳號／1604621-1　紅螞蟻圖書有限公司
電　　話／(02)2795-3656（代表號）
傳　　眞／(02)2795-4100
登 記 證／局版北市業字第1446號
港澳總經銷／和平圖書有限公司
地　　址／香港柴灣嘉業街12號百樂門大廈17F
電　　話／(852)2804-6687
法律顧問／許晏賓律師
印 刷 廠／鴻運彩色印刷有限公司
出版日期／2011年 4 月　第一版第一刷

定價 180 元　港幣 60 元

ISBN 978-957-659-843-2　　Printed in Taiwan